紅小說

紅小說

紅小說

紅小說

紅小說 ㉘

鱷魚手記

邱妙津／著

ISBN 957-13-1121-9

鱷魚手記

鱷魚手記

第一手記

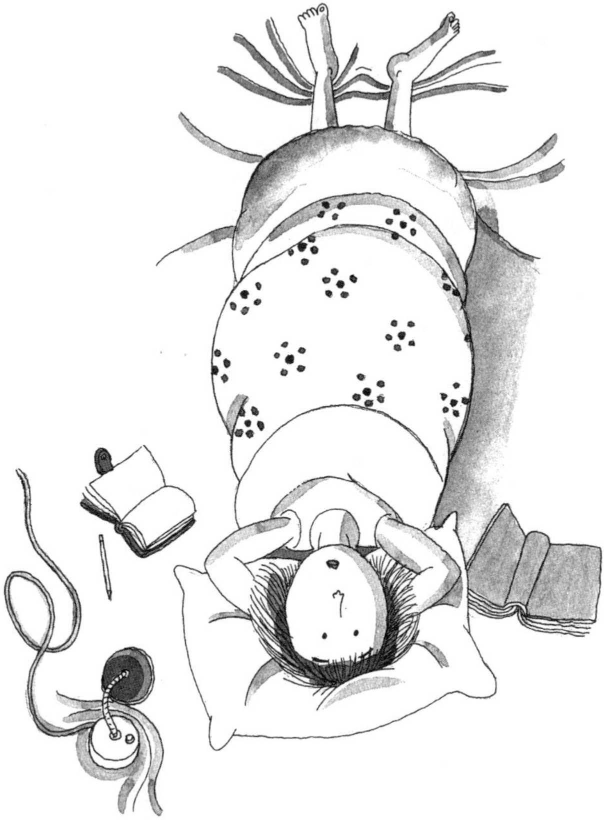

1

西元一九九一年七月二十日從教務處註冊組的窗口領到大學畢業證書，證書太大，用兩手抓著，走在校園裏掉了兩次，一次落在路旁的泥濘，用衣服擦乾淨，另一次被風吹走，我在後面不好意思地追逐，它的四個角都折到。心裏忍住不能偷笑。

「你過來時能不能順便帶一些玩具過來?」鱷魚說。

「好啊，我帶來我親手縫製的內衣好了。」太宰治說。

「我送給你全世界最華麗的畫框，可以嗎?」三島由紀夫說。

「我把我早稻田的畢業證書影印一百份貼在你的廁所。」村上春樹說。

就從這裏開始。奏樂（選的是「兩隻老虎」結束時的音效）。不管學生證和圖書證沒交回，原本眞遺失，十九日收到無名氏掛號寄回，變成謊報遺失，眞無辜，不得不繼續利用證件「方便行事」。也不管考駕照的事了，雖然考了第四次還沒考過，但其中可有兩次是非人爲因素，況且我對外（或是社會）宣稱的是兩次失敗的記錄。

不管不管……

把門窗都鎖緊，電話拿開，坐下來。這就是寫作。寫累了，抽兩根煙，進浴室洗冷水澡，颱風天風狂雨驟，脫掉上半身的衣服，發現沒肥皀，趕緊再穿好衣服，到房裏拿一塊「快樂」香皀，回去繼續洗。這是寫「暢銷」作品。

邊聽深夜一點的電台，邊抹著肥皀，一聲轟響，電廠爆炸，周圍靜寂漆黑，全面停電，沒有其他人在，我光著身子出浴室找蠟燭，唯一的打火機臨時缺油，將三個小圓柱連身的燭台拿進廚房，中間踢倒電風扇，用瓦斯爐點火，結果銅的燭台燒融而蠟燭還沒點燃。無計可施，打開門走到陽台上乘涼，希望也能看到光著身子走出陽台的其他人類。這是寫「嚴肅」作品。

如果既不暢銷又不嚴肅，那就只好聳動了。一字五角錢。

這是關於畢業證書和寫作。

2

從前，我相信每個男人一生中在深處都會有一個關於女人的「原型」，他最愛的就是那個像他「原型」的女人。雖然我是個女人，但是我深處的「原型」也是關於女人。一個「原型」的女人，如高峰冰寒地凍瀕死之際升起最美的幻覺般，潛進我的現實又逸出。我相信這就是人生絕美的「原型」，如此相信四年。花去全部對生命最勇敢也最誠實的大學時代，只相信這件事。

如今，不再相信，這件事只變成一幅街頭畫家的即興之作，掛在我牆上的小壁畫。當我輕飄飄地開始不、再、相、信，我就開始慢慢遺忘，以低廉的價錢變賣滿屋珍貴的收藏。也恍然明白，可以把它記下了，記憶之壺馬上就要空，恐怕睡個覺起來，連變賣的價目單都會不知塞到哪兒。

像雙面膠，背面黏上的是「不信」，同時正面隨著黏來「殘忍的斧頭」。有一天，我如同首次寫成自己的名字一樣，認識了「殘忍」‥殘忍其實是像仁慈一樣，眞實地存在這個世界上，惡也和善具有同等的地位，殘忍和惡只是自然，它們對這個世界掌握一半的有用和有力。所以關於命運的殘忍，我只要更殘忍，就會如庖丁解牛。

揮動殘忍的斧頭——對生命殘忍、對自己殘忍、對別人殘忍。這是符合動物本能、倫理學、美學、形上學，四位一體的支點。二十二歲逗點。

3

水伶。溫州街。法式麵包店門口的白長椅。74路公車。

坐在公車的尾端，隔著走道，我和水伶分坐兩邊各缺外側的位置。十二月的寒氣霧濕車內緊閉的窗牆，台北傍晚早已被漆黑呑食的六點，車緩速在和平東路上移行，盆地形的城裏上緣，天邊交界的底層，熨著纖維狀的橙紅，環成光耀的色層，被神異性的自然視景所震撼的幸福，流離在窗間，流向車後車流裏。

疲憊沈默的人，站滿走道，茫然木立的，低頭癱靠座位旁的，隔著乘客間外套的隙縫，我小心地穿望她，以壓平激動不帶特殊情感的表情。

「你有沒有看到窗外？」我修飾我的聲音問她。

「嗯，」微弱如羽絮的回聲。

一切如抽空聲音後，輕輕流盪的畫面，我和水伶坐在雙人座的密閉車內，車外輝煌的街景、夜晚扭動的人影，華麗而靜抑地流過我們兩旁的窗玻璃。我們滿足，相視微笑，底下盲動著生之黑色脈礦，苦澀不知。

4

一九八七年我擺脫令人詛咒的聯考制度，進入大學。在這個城市，人們活著只為了被製成考試和賺錢的罐頭，但十八歲的我，在高級罐頭工廠考試類的生產線上，也已經被加工了三年，雖然裏面全是腐肉。

秋天十月起住進溫州街，一家統一超商隔壁的公寓二樓。二房東是一對大學畢業幾年的年輕夫妻，他們把四個房間之中，一個臨巷有大窗的房間分給我，我對門的另一間租給一對姊妹。年輕夫妻經常在我到客廳看電視時，彼此輕摟著坐靠在咖啡色沙發上，「我們可是大四就結婚的哦。」他們微笑著對我說，但平日兩人卻絕少說一句話。姊妹整晚都在房間裏看另一台電視，經過她們門外傳來的是熱絡的交談，但對於屋裏的其他居民，除非必要，絕不會看一眼，自在地進出，我們彷彿不存在。所以，五個居民，住在四房一廳的一大層屋裏，卻安靜得像「啞巴公寓」。

我獨居。晝伏夜出。深夜十二點起床，騎赭紅色「捷安特」腳踏車到附近夜裏買些乾麵、肉羹或者春捲之類，回到住處邊吃邊看書，洗澡洗衣服，屋內不再有人聲和燈光。寫一整夜日記或閱讀，著迷於齊克果和叔本華，貪看呻吟靈魂的各類書，也搜集各色「黨外」週刊，研究離靈魂最遠的政治鬧劇的遊戲邏輯，它產生的疏離效果，稍稍能緩和高速旋入精神的力量。清晨六、七點天亮，像見不得光亮的夜鼠，把發燙的腦袋藏到棉被裏。

狀況佳是如此。但大部分時候，都是整晚沒吃任何一頓，沒洗澡，起不了床，連寫日記與自己說話、翻幾頁書獲得一點人的聲音，都做不到，終日裏在棉被裏流淌藍色和紅色的眼淚，睡眠也奢侈。

不要任何人。沒有用。沒必要。會傷害自己和犯罪。

家是那張藍皮的金融卡，沒必要回家。大學暫時提供我某種職業，免於被社會和生活責任的框架壓垮，只要當成簡陋的舞台，上緊發條隨著大衆敲敲打打，做不賣力會受懲的假面演出，它是製造垃圾的空遢遢建築物，奇怪的建築，強迫我的身體走進去卻拒絕我的靈魂，並且人們不知道或不願承認，更可怕。兩個「構造物」，每天和此具體地在那兒，主要構成我地供人辨識，也不斷地蠕動著向我索求，但其實抽象名詞比不上隔壁的統一超商更構成我。

不看報。不看電視。除必點名的體育課外不上課。不與過往結識的人類做任何聯絡。不與共同居住的人類說話。唯一說話的時刻是：每天傍晚或中午到辯論社，去做孔雀梳刷羽毛的交際練習功課。

太早就知道自己是隻天生麗質的孔雀，難自棄，再如何懶惰都要常常梳刷羽毛。因爲擁有炫麗的羽毛，經常忍不住要去照衆人這面鏡子，難以自拔沈迷於孔雀的交際舞，就是這麼回事，這是基本壞癖之一。

但，卻是個沒有活生生衆人的世界。咱們說，要訓練自己建造出自給自足的封閉系統，要習慣「所謂的世界就是個人」這麼樣奇怪知覺的我，要在別人所謂的世界面前做淋漓盡致的演出。

因爲時間在，要用無聊跑過去。英文說run through，更貼切。

5

所以她對我犯罪，用從前的話說是「該被我處死」，用後來的話說是逼我發生「結構性的革命」。水伶。我犧牲了僅剩存活的可能性，之後之外的，就是不堪的更不堪的更不堪的……。被除數愈除愈小，但永遠除不盡，除式已然成立。

當一九八七年十月的某天，我騎「捷安特」在椰林大道上掠過一個身影，同時記起今天是那個身影的生日時，全部的悲哀和恐懼就都匯進我的存款簿了。我隱約知道，存款簿的數字跳號了，強力拒絕，只能如此，以爲可以把存款簿送回。

她剛好滿二十歲，我過十八歲五個月。她和幾個她的高中同學走過，只瞥到側影，但關於她的沈睡意義，瞬時全醒活過來，我甚至能在車遺落她們很遠後，還彷佛看得到她的雀躍表情，以及如針般地感受到她勢必會惹人寵愛呵護而流出孩子般無瑕滿足的心情。

即使至今，我仍然要因她這種天生勢必會惹人寵愛叮護的美質，而勢必要旁觀寂寞。她總是來不及接觸較多一點的人，因爲她原本周圍的人已用手臂和眼睛緊裹住她，使她無須更多也不用選擇，已經喘不過氣來被釘在那裏了。所以當我在她周圍時，我勢必會拚命裹緊她；不在周圍時，也就怎麼都擠不到她身邊，扳不開別人，她更是沒辦法自動擠出來。這是基本定理。她天賦如此。

隔了整年高三沒看過她，小心閃躲，絕不能主動打招呼，又渴望在人羣裏被她認出。高一屆的高中學姊，危險黑桃級的人物，洗過一次牌又抽中，更危險。

6

到中文系旁聽「文學概論」的課，大教室擠滿人，我遲到，搬一張椅子，高舉過講台，如綿羊般坐在講台邊緣第一排。女教授暫停講課，讓路給我，其他綿羊們也仰頭觀賞我的特技。

接近下課，後面遞來一張紙條：「下課後我可以跟你說話嗎？水伶」是她選中我的。我常這麼想。即使換了不同的時空，她還會選中我。她瑟縮在人羣間，饑荒的貧瘦使她怕被任何人發現，躲在羞怯畏生的眼珠後面沈睡，我一出現，她就走出來了，堅定地用手指一指：「我要這個」，露出小孩貪心的不好意思微笑。我被帶走，無可拒絕地，像一盆被顧客買走的向日葵。

已是個韻味成熟的美麗女人了呵，爐火純青。她站定在我面前，拂動額前的波浪長髮，我心中霎時像被刺上她新韻味的刺青，一片炙燒的辣痛。她女性美的魅力無限膨脹，擊出重拳將我擊到擂台下。從此不再平等，我在擂台下，眼看著另一個她眼裏的我在擂台上被她加冕。怎麼也爬不上去。

「怎麼會在這裏？」她完全不講話，沒半點尷尬，我只好因緊張先開口。

「轉系過來補修的課嗎？」她不敢抬頭看我，腳底磨著走廊地板，不說話，彷彿講話的責任與她無關。

「你怎麼知道我轉系的呢?!」她突然失去沈默的控制叫了出來，眼裏閃著驚異的神光，明顯出色的大眼，圓睜著注視我，我終得以看進她眼裏。

「自然就會知道啊！」我不願告訴她對她消息的注意。「你可終於說話了。」我鬆了口氣說。她帶點靦腆開心地笑，我也哈哈大笑。能逗她笑使我安慰，她如銀質般的笑容，像夕陽輕灑的黃金海岸。

她說我一走進教室，她就開始坐立難安，想和我說話，說什麼她也不知道。我指指她鞋帶，她彎蹲，小心地綁鞋帶。可是見到我，又什麼都說不出來，就不想說什麼了，只要站在那裏。她把紫色布背包甩向背後，蹲在地上反而開始說。突然想去撫摸她背上的長髮，很柔順。你當然什麼都不知道，我一切都了解，心裏在告訴她。代替伸手摘過來她的背包，隱約幸福接近的重量感，希望她一直蹲著綁鞋帶。

下課六點，校園已黑影幢幢，夜風颼颼，各牽著腳踏車並走，寬闊乾淨的大道上，和緩具節奏的一對腳步聲，流利地踅過。不知是我跟著她走，還是她跟著我走。相隔一年，兩人都懷著既親切又陌生的曖昧氣氛，節制地在沈默裏對峙著。

「怎麼會跑來跟我說話的？」我藏起心裏的知道太多，做按部就班的詢問。

「為什麼不跟你說話？」她輕微負氣地反問我。夜色一掩上臉，我不用看她的臉，聽到她的第一句話，就知道這大學的一年，她受苦了，回答裏我聽出她獨特的憂鬱聲質。我總是知道她太多。

「我只是一個你見過三次面的學妹啊！」我幾乎驚呼。

「才不是。」她用十分肯定的語氣說，像對自己說。

「不怕我忘記你了，懶得跟你說話？」我看著她隨風輕飄的長裙。

「我知道你不會。」還是那麼肯定，彷彿所有關於我的理解都如鐵石。

走到校門口，不約而同地停下步。她略微請求地問我，可否去看看我的住處，語態裏是自然流露對親人的關心，如柔韌的布，裏面的軟度使我心痛，如果水要流向我，我拿什麼阻截？她天生就會對我如此，根本無須情節。我帶她走向新生南路，回溫州街。

「這一年過得好不好？」我試著打開她憂鬱的封緘。

「不想說。」她緊緊閉上眼，難以察覺地無聲輕歎，抬頭看茫然。

「是不想對我說嗎？」我把她推到馬路外邊，交換位置，擔心她被車撞。

「不想對任何人說。」她搖頭。

「怎麼會變成這樣？」我心底不忍聽到這類與她完全不搭稱的話。

「對。我變了。」她轉而睜亮眼，驕傲而含兇氣地說，更像宣告。

「那變成怎麼樣呢？」覺得她的話孩子氣，好笑著想逗她。

「就是變了。跟高中的我不同。」兇氣更重，話裏是在對自己狠心。

聽著她斬釘截鐵地敲著「變了」兩個字，著實悲涼。新生南路上慷慨的路燈，鋪張黃金的輝煌。沿著校區外的紅磚道漫走，扶著長排鐵欄杆的校牆，左手邊是高闊的耀亮的街道，右手邊是無際漆黑森森的校區，華麗的蒼寂感，油然淋漓。沒什麼是不會「變了」的，你了解嗎？心裏說。

「你算算看那棟大樓有幾家的燈亮了。」我指著交叉口上一棟新大廈。

「嗯，五個窗戶亮著，才搬進五家欸。」她高興地說。

「以後看看變成幾家。會永遠記得幾家嗎？」我自己問，自己點頭。

7

第一個學期，她是我唯一對外呼吸的管道。我擁有一種犯罪的祕密約會，約會的對象並不知是約會。我對自己否認，否認她在我生活裏的事實，甚至否認那條虛線，把我們兩拉上犯罪關係的虛線，它早已被我特殊的眼睛看出。這隻特殊的眼睛在我青春期的某一刻張開後，我的頭髮快速萎白，眼前的人生偷換成一張悲慘的地獄圖。所以當我還沒成年時，我就決定要無、限、溫、柔，成爲這一個人。把自己和這隻眼睛關進去暗室。

每個星期天夜晚，我都被迫想起她，像討厭的作業：必須下決心不再去上「文學概論」。每個星期一昏睡整天，到了接近三點，卻會自然醒來，騎著「捷安特」趕到教室。每個星期一的傍晚下課，水伶都會自然地跟我回溫州街，宛如她回家的必經之途，然後我陪她等74路公車，在法式麵包店的長椅上，等待。祕密約會的形式簡單而式樣整齊，清淡是高級犯罪的手法，一邊賄賂巡防的警署，一邊又任犯罪意欲在蜜糖培養皿中貪婪滋長。

其他時間，沒有任何關聯，我也不想到她。她是星期一的幽靈。星期一，我亡靈的祭典，她帶著玫瑰來祭我。披一身白紗，裸足飄來，舞著原始愛慾的舞蹈，閉眼，醉心迷狂，玫瑰灑滿曠野。她在祭我，她並不知。每周一束玫瑰，在玫瑰身上，我彷彿看到自己還活著，鮮活可以輕躍去取走玫瑰的，但總有玻璃擋在前面，伸手是反射的映像。星期一結束，玻璃的映像是更厚的玻璃。

溫州街的小房間。棗紅色雅緻的壁紙和黃色的窗簾。到底和她在那裏說了些什麼？木床放置在地板，她坐在床尾，與衣櫥緊夾的縫隙間，背對著我，極少說話。我說很多，大部分的時間都說話，什麼都說，說過去慘不忍睹的遭遇，說我記憶中糾纏不放的人物，說自己複雜、古怪。她玩弄手中的任何東西，不以爲然地抬頭，問我怎麼複雜、怎麼古怪。她接受我，等於否定我否定的我，純眞如明鏡的眼神傷害我，但她接受我。我自暴自棄說你不懂，每隔三句話說一次，逃避她的接受。她眼裏泛著更深更透亮的光，像海洋，勇敢地注視我，安靜彷彿沒必要說一句話。不會了解的。她相信她懂。無論如何，她接受我——多年後，知道這是重點。

眼睛，也是支點，把我整具骷髏骨架撐起來，渴望睡進去她海洋般的眼。這個象徵此後分分秒秒燒烤著我。眼睛支撐起我與世界之間的橋。紅字般的罪孽與摒棄的印記，海洋的渴望。

8

我是一個會愛女人的女人。眼淚汩汩泉源，像蛋蜜塗滿臉。時間浸在眼淚裏。全世界都愛我，沒有用，自己恨自己。人類把刺刀插進嬰兒的胸脯，父親生下女兒又把她拖進廁所強暴，沒有雙腳的侏儒趴在天橋上供人相照然後活下去，精神病院裏天生沒辦法控制腦袋的人受著幻覺、自殺慾望的折磨。世界怎麼能這麼殘忍，一個人還那麼小，卻必須體會到莫名其妙的感覺：「你早已被世界拋棄」，強迫把「你活著就是罪惡」的判刑塞給他。然後世界以原來的面目運轉宛如沒任何事發生，規定他以幸福人的微笑出現：免除被刺刀插進胸脯、被強暴，也不用趴在天橋上和關在精神病院，沒有任何人知道你的災難，世界早已狡猾地逃脫掉它肇禍的責任。只有你自己知道你被某種東西釘死，你將永遠活在某種感覺裏，任何人任何辦法都沒有用，在那裏面只有你自己，那種東西把你和其他人類都隔開，無期的監禁。並且，人類說我是最幸福的，我脖子上掛滿最高級的幸福名牌，如果我不對著鏡頭做滿足式的表情，他們會傷心。

水伶不要再敲我的門了。你不知我的內心有多黑暗。我根本不知道我到底是誰，隱約有個模糊的我像浮水印在前面等我，可是我不要向前走，我不要成爲我自己。我知道謎底，可是我不要看到它被揭開。從我看到你的第一眼，我明白我會愛你，像狂獸像烈焰的愛，但不准，這事不能發生，會山崩地裂，我會血肉模糊。你將成爲開啓我成爲我自己的鑰匙，那個打開的點，恐懼將滂沱滾打在我身上，我所自恨的我也將除去我，這個肉身裏的我。

她不明白。不明白她會愛上我，或她正在愛著我。不明白我溫馴羊毛後面是隻飢餓的狂獸，抑制將她撕碎的衝動。不明白一切的一切都是愛的交易。不明白她使我受苦。不明白有愛這種東西。

她送給我一盒拼圖。耐心地一塊一塊把我拼出來。

9

「下個禮拜我不去上『文概』了，下下禮拜再去上。」我說。

晚上七點我和水伶同搭74路公車，她回家我到長春路家教。我們併坐在雙人座，她靠窗，我在外。她圍白色圍巾，窗戶推開一半，頭倚靠窗上，抖縮著身體，眼睛注視窗外黑茫茫中的定點，無限寂寞，相隔遙遠。

「好啊。」她以意興闌珊的失望聲音回答我。我想逃走，她知道。

「你不問我爲什麼？」我內疚。不要她寂寞。

「好。爲什麼？」她轉過頭，掩飾受傷的自尊，高傲地問。

「不想跟任何人有固定的關聯。習慣每個禮拜都會看到你，怕被這個習慣綁住，要打破壞習慣。」我心虛地說。

「好啊。隨便你。」她又轉頭回去。

「在生我的氣？」心疼她。

「對。你自私。」她背著我。窗玻璃映出她黯然的落寞表情。

「怎麼自私？」我企圖讓她說出委屈。逼她說話很困難。

「你不要這個……壞習慣，那我的習慣怎麼辦？」她想很久，才生氣地說。她從沈默裏出來，隨便說點什麼話，經常對我都是恩寵。

「你有什麼習慣？」故意調皮假裝不知道。

「你自己知道。」她嬌弱的聲音一生氣，格外惹人憐愛。

「我不知道啊。」她在吐露著某些對我超載的情感，我享受得心酸。

「騙人。跟你一樣啊……我也習慣每個禮拜都會看到你了呀。」她怯懦地說出。但不是因爲她不該有這類感覺，而是說給我聽，有女性天生要阻擋表現感情的良心。

「那更不好，不能習慣，等『文概』結束，我們就不會再見面了。」

「爲什麼不再見面？」她眨眼問，像解不開一題代數。

「沒理由見面。更何況，有一天我一定會跑掉，那時候你會更難過。」我用白話版首次說出我對她眞正的情感，展現蠻橫的力量。

「不懂不懂。隨便你。」她受我蠻橫的欺負。消極抵抗。

10

《壞痞子》是部電影。不是高達拍的另一部。更年輕的法國片。男主角長得像蜥蜴，和鱷魚家族血緣相近。劇中其他的男人，若不是胖矮、就是禿頭，全是醜陋的老男人，除了挖掉眼睛的男主角弟弟，可能例外。導演是當代的審美大師。

「應該向上，不是向下。」男主角臨終時，女主角從背部抱住他，他抗議。此話深得我心。「要做個誠實的孩子很困難，」他閉上眼，繼續用腹語說遺言。終於死了，一個老醜男人，將他緊閉的眼眶擠出一顆藍色的眼珠。天生沒辦法誠實的蜥蜴，雖然會想把白肚子朝上翻，至死還是必須藏住要給愛人的眼淚。蜥蜴有個好名字，叫「長舌男」。

《憂鬱貝蒂》也是部電影。比較能進院線的東西。適合大衆的年輕法國片。適合到什麼地步呢？顏色只有藍和黃兩種容易記，除了男女主角兩個人外世上沒有其他人，時間也乖乖地從頭到尾，沒有半句困難或長點的對話。任何有眼睛的人，即使色盲也沒關係，都可以邊抓爆米花邊吸可樂，輕鬆看完。這就是「適合」。

它裏面最棒的點是，男女主角的一位朋友聽到母親過世的消息，癱瘓在床上，別人爲他換衣服準備回家奔喪，領帶打結時拉出畫面的是裸女圖案的領帶，他臉上還流著令人發笑的眼淚。女主角貝蒂說：「生命老是在阻擋我」，把自己的眼睛挖掉，被送進精神病院，用皮帶緊緊捆綁在病床上。男主角說：「沒有任何人能把我們兩個分開」，化妝成女人潛進醫院，用枕頭把貝蒂悶死，當時的他臉色青白細膩散發出可怕的女性美。導演是運用狂暴愛情詛咒生命的高手，全部都很「適合」，但在最後一刻，叫生命把爆米花和可樂吐出來。

第一部是噁心的電影。第二部也是噁心的電影。

只差第一部用誠實的方法，從一開始就告訴你它要噁心。第二部用欺騙的方法，它把你騙到不噁心的路上，最後噁心一次倒光。

「噁心就是噁心，該盡量做個誠實的孩子。」壞痞子說。

「誰說的，還是可以常常利用裸女領帶逃開的。」憂鬱貝蒂說。

11

夢生。這個男人，我到底曾不曾愛過他？這個問題無解。

一九八七年十二月，在淡水鎮參加一個文藝營。我在小說組作完自我介紹後，他站起來從第一排走到我位置旁，蹲在走道上，臉上以嬉皮笑臉傳達他特別的嚴肅感。

「我大你一歲。現在在附中。明年會在你的學校和你碰面。剛剛聽幾句你講的話，覺得這裏只有你還值得說一說話，其他垃圾都讓我厭煩，來這裏眞浪費我的時間。」

這個出話傲慢的人，旁若無人地說著。我心中十分不屑，想作弄他，對他作出迎合的微笑。他蹲久了，逕自交互蹲跳起來，自己和自己玩得很開心。那時的他，還是個講究正常美觀的男孩，說男孩並不適當，我聞得出他有特殊彎曲別人的權力，那種東西使他有某種老化的因子在體內竄動，除了嬉皮笑臉的超級本領外，他身上找不到一絲屬於男孩的氣息。

「搞什麼？跩得像隻臭鼬鼠一樣，有必要嗎？」他一路跟著我走出來，別人要跟我說話，他都不客氣地擋開。我開始不耐煩。

「臭鼬鼠有什麼不好？起碼讓討厭的人自動滾開。」

「那你幹嘛不自己滾開，你出現幹嘛？」我愈說愈不客氣。

「我出現幹嘛？」他反問自己一遍。「大哉問。」他拍了我肩膀一下「就是從來都不知道哇。」他嘟下嘴做個無辜的表情。

「我們商量一下好嗎？老兄。」我軟化，拉他坐下來。

「不是老兄。」他正經地抗議。要用手環住我的肩，我推開。

「好。哥哥。請你不要再一直跟著我，擋住我獲得幸福的機會。」

「我比你小。笑話，你這種人根本不會有幸福，這兩個字該從你腦裏除去。」他輕蔑地說。然後又高興地在地上翻跟斗。

我馬上就明白他跟我是同類人，擁有那隻獨特的眼睛。且他更純粹更徹底，在這方面他比我早熟比我優秀。如果可能愛他，也是愛他這種優秀。那年冬天，其實他長得很好看。是個頎長的美少年。

12

一日吧。最後一次「文概」。我依然打算，隔一周才來上課。提前趕到教室，在路上拚命踩快腳踏車踏板，心臟噗噗跳，滿坑滿谷的話堵在心頭，像水泥心頭，破不出。她選了個最後的位置，紫色背包墊在單張椅子的枱面上，趴著休息，長髮懸在半空中。那個階段，在學校，她不願跟任何人說話，我知道她孤單，脫離被衆多朋友照顧的時代，嘗試一個人行走。她動也不動，我站在旁邊凝視她的孤單。她適應得很辛苦，我知道，她是不要這種生活。內心激動，虧待她。

「我來啦。」時間快接近上課。我輕喚她。

「哦，」她沒抬頭，無所謂地應一聲。

「不想跟我說話？」我內疚，溫柔要溢出來。

「嗯，很累，想睡覺。」她軟軟地說。還是沒敢看我一眼。要拒絕我。

「好。你休息一下。」心像被鉛線拉扯，被她不要。用力走到前面坐下。一個下課。我站在前面遙遙監看著她，她哪裏也不看，輕輕收拾，動作緩慢。一個熟人和我說幾句話，轉眼她已不見。等我，我有許多話要跟你說。奔出大樓，在橫行縱走的腳踏車陣間，逐輛辨認，沒有。火速朝平日一起回家的方向搜索，觸不到紫色，更火速地往相反方向狂跑。知道太遲了，兜錯這麼多路，趕不上她，從後門的站牌回家了。不要，我就是要告訴你，不要如此了。

黑夜的雨。愈來愈猛下，衣服褲子都緊貼在肉上，加速度的奔跑，加速度的雨暴風暴，對抗我。襪子揉合成泥布，我可感覺，踩碎一窪窪的積水，腿快糊成泥棒。檢查過所有的站牌，拐到另一條街，已跑遠了，軟身在一隻站牌下。眞的永遠見不到。枯等半個鐘頭又……

原本今天想要告訴你不要不相見。找不到你也好，還是不再相見。還帶給你要的書來借給你的。

髮梢滴著雨，眼睛浸痛之中，寫完紙條，塞在她腳踏車後座，停在系館對面的。也好，眞的。自動脫落，省力許多。就只繩索鬆開後，跌坐在地，尷尬難獨對。我想念她。罪有應得。

隔天接近中午。遲到進課堂，不知什麼課。同學遞過來一封信。

你的書丟掉了。早上要來上體育課，從遠處走過來，發現倒掉一大片腳踏車，心裏就祈禱心愛的腳踏車不要是其中一輛，愈來愈近愈擔心。但，它果然躺在那裏，壓著別輛腳踏車，也被另一輛壓著，身上髒髒的。我趕緊把它扶起來，想用手帕幫它的身體擦乾淨，心裏好想哭，它怎麼會被那麼不小心的人隨便推倒在那裏呢？接著又看到它後座，夾著粉紅色的廣告單，討厭這俗氣的廣告單，拿掉後發現你的紙條。沒有書，一定是被人偷走了，要告訴你：書丟掉了。

不了解你那麼複雜的理由，也不想了解了。說什麼不再理我是爲我好，說什麼早點結束見面是爲了減少難過，完全不懂，拒絕懂。或許你眞的認定這樣對你比較好，我没話講，但你有没有考慮過我，我的答案是——對我不好。原本以爲，我可以去投奔你的，就是這兩個字，我眞的是要去「投奔」你的。你是我在這個學校裏唯一的親人，有三次吧，我都陷到某種情緒中，想立即從我所站的地方逃走，衝出這個學校，抓起背包低著頭就拚命走，希望一路上都不要看到任何人，走啊走就走到你的樓下，按了鈴我才知道我只想看到你，可是你三次都不在。我很累，坐在你家樓下的台階，光是坐在那裏，就好像離你比較近，感覺得到你在那裏，才能夠比較有力氣一點，回家去。以後就無須按鈴了，只要到台階上坐坐，就很夠了。

這些你會知道嗎？如果你不要我去投奔你，當然我就没有資格厚著臉皮去。但是，這到底有什麼錯？

水伶

還記得。收到那封字跡潦草，潦草又是飄逸的信，手顫抖不停，讀三遍還是不懂在說什麼，失去閱讀能力。眼睛盯住署名，跳起來，踩腳踏車到她下午上課的課堂，身體飛馳著，字句才流進我腦海，內心熱潮湧生。那時，我穿著綠色牛仔褲，午後的陽光把綠色篩亮。

我站在草坪上截住她走過。像傻瓜說書沒夾在後座。她背過身問我來幹嘛。我說從、頭、開、始。她轉過來，海洋流淚。知道是相愛。

13

叫趙傳的歌手新唱了一首歌。男孩看見野玫瑰。寫這本手記時，我從凌晨十二點坐到早上九點，反覆聽這首歌，帶子裏其他歌一遍也沒聽過。算是這章的主題曲

不能抗拒你在風中搖曳的狂野。不能想像你在雨中藉故掉的眼淚。你是清晨風中最莫可奈何的那朵玫瑰，永遠危險也永遠嫵媚。你是那年夏天最後最奇的那朵玫瑰，如此遙遠如此絕對。男孩看見野玫瑰，荒地上的玫瑰。清

早盛開眞鮮美，荒地上的玫瑰。

這本手記算是第一章。記的是一九八七年十月到一九八八年一月，我的八十頁筆記簿，每本很快都要模糊掉了，因爲用鉛筆記的。根據這十大本日記的材料，要寫成八本手册，像圖解的幼兒手册，重新用原子筆謄寫後，壓在抽屜最底層。忘記時，可以隨時拿起來看，再複習一遍我成爲我的分解動作。它們是連續動作。

唯獨這前兩本最可憐。它沒有日記可以作參照本，只能憑我腦裏簡單幾條記憶之絃，撫弄著奏出複雜的合音。大學四年我丟掉很多東西：有的是正在找停車位時，我就測出那種形狀的位置，之前就丟掉的。有的是儲存太久被螞蟻蟑螂化整爲零搬走的。有的是年終大掃除時，重新規劃車位後，找不到新位置被迫淸出的。有的卻是爲了舊車換新車，貪圖折扣時出賣的。

大一整年是完全丟光的一年。她的信全燒了，土褐色精美的日記本送給她，這都是後來的事。她更是遍歷這四種我丟掉的方式，最後，丟掉了。由於她，我才知道可以有這麼多種丟掉的方法。我曾經是個丟掉狂，因收購她而發病，又因丟掉她治癒，其間丟掉的已經丟掉，不能後悔囉，我不會再丟掉重要的東西，我發誓。

當我發明強力膠可以黏死自己愛丟掉的手時，我已經連大廈管理員都丟掉了。如今化妝成考古學家專家，夢生竟只剩一片睫毛。

應該是「女孩看見野玫瑰」夢生會做這樣的歌給我。

第二手記

1

像個過度臃腫的魔術袋。所謂的大學生就是被允許在袋裏裝進任何東西的特殊階級。考上大學，你被分發到一個袋子，裏面空空，社會上的成人們暫時放你四年級（某些不幸的科系例外，他們被選擇一生做社會的棟樑），睜一隻眼閉一隻眼，允許你在袋子裏放進任何東西，只要你保存好大學生的學生證。

大學，這個制度是好的。比死亡制度差點，占第二名。它剛好在社會三大制度（強迫教育，強迫工作和強迫結婚）重疊交接的點上，這三大制度是人類最偉大的發明，三重偉大加乘在一起，反而得以暫時自沈重的偉大性中逃脫。它和死亡都是種類似安全門的逃脫制度，它占第二名的原因是，死亡通到的是太平間，大學卻從單繩制度通到天羅地網的社會。並且，死亡是人人平等，大學則從某些人身上刮取不仁道的膏脂，仁道地塗在另一些人身上。

然而。總之。大學生活的魔術袋，可等於，上課＋考試＋異性的追逐＋遊樂＋

賺零用錢＋煞有介事地加入社團＋旁觀社會＋鬼混。前面的七項佔據醒著時間的百分之八十，雖然努力地試著要講講關於那百分之八十的事，但不知怎的，講來講去，還是超不出最後一項「鬼混」的範圍。我們準備許多工具，打算矇騙生活本身，都放在臃腫的魔術袋裏。

2

一九八八年二月，我獨自在溫州街的住處，度大學第一個寒假。關在房裏整個禮拜。吃泡麵、踱方步和上廁所。在這三件事之間寫一個比現在這個更惹人厭的小說。收到一封郵簡，郵簡白色封面用紅色簽字筆畫著倒栽裸女叉開的雙腿。

想見你。不答覆就切一根手指頭寄給你。惡魔的新郎夢生。

夢生。這個纏人的傢伙，在文藝營遇見他，像某種不祥的陰影，直覺要趕快擺脫他，於是第二天就稱病離開淡水，離開時還看他站在遠處露出無辜又詭異的笑容。那張笑臉會不經意的掠上我的心頭，雖然幾個月來沒再受此人的干擾，也安慰自己說不會再與他有什麼瓜葛了。笑臉就是某種權力的展示，他在向我炫耀他對我具有某種權力，彷彿他可以宰制我。收到郵簡，感到害怕，從沒對別人產生純粹宰制關係的害怕，有更進一步的預感：他的眼睛可以自由窺看到我，能對我予取予求。

就不答覆。必須抗拒被宰制的預感，也想檢查他的實力。第一封信收到後三天，第二封畫著一把刀，同樣紅色系列的小包裹寄到。這次沒寫住址，顯然是直接投到信箱的。拆開，裏面是一張信箋，和釘書針釘死的小塑膠袋，眞有一根瘀紫紅漬的萎縮小指頭。我身體打冷顫，趕緊騎腳踏車到很遠的一條小溝渠，趁無人時把塑膠袋丟掉，心想，我輸給他了。信箋上寫著。

不愛你。只想見到。不答應就週日深夜去強暴你。新郎的新娘夢生。

週日。十點。趕工把小說寫完，身體十分疲弱，但必須撐著等到夢生來。說來奇怪，等一個只見過一次面要來強暴我的男性，竟有深刻的熟悉和放心感，並因而期待著。不願意他到我房間，只有水伶一個人能進來，拖著彷彿腫脹的腦袋和身體，到樓下坐在門口的台階上，粗細不同的摩托車聲擦耳過，我以超乎尋常的敏銳，辨識摩托車聲的性格，只能感官不能思考的腦海，突然對這份特殊的安然自在做出一個指示：我的眼睛同樣可以自由窺看到他，能對他予取予求。

「投降了吧。坐在這裏等多久了？」十二點整，夢生這傢伙，騎了輛重型機車彎進巷子，拿掉消音器，噪音使人發狂。白色前身後座上翹的飛車，使他坐在車上，閃著更鋒利的危險感。危險感，在他的話裏能拉成一端是狠毒至極，另一端是溫柔至極，只有他能如此。

「你到底想怎樣？」我用子彈的語態對付他。明明已瞭然自己願意輸給他，內心也處在確認相關位置的液態溫柔裏，卻要固化撞開他。

「想怎麼？」他又反問自己，像常得咀嚼我的好問題，他摘下菱形墨鏡，微笑，眞誠地，一閃而過，「想死。」

跟他在一起時。我體內的男性和女性就是最激烈的辯證。他也是，並且他認爲是最佳辯證。就是從他這句話展開的。

「帶我到別處。」當他說硬的話，我反而變軟。他歛起精采多變的表情，不再說任何一句話，臉像一張平白的紙，垮掉般僵木著，從認識他到此刻，他這式表情使我最安心。車沿著基隆路的高架橋邊高速飛馳，橋上序列排隊的燈順橋上升的角度，形成傾斜的黃色光平面，我唱著歌，歌聲在速度中破開。

「知不知道我爲什麼挑上你說話?」他把車停在福和橋下，帶我從長滿雜草的荒徑爬上橋旁的一塊斜坡空地，四周無住家，野草蔓生高過人，我搖頭。

「我看過你交給文藝營的小說。你是適合跟我一起死的人，就像頭上長角，我一眼就看出。」他嘴角浮現惡賊的微笑。

「你錯了。沒想過死這種東西。」我對他從高度期待掉到失望。「要死幹嘛還找人一起?俗氣。」更覺得把他錯估太高。

「不甘心。活著沒辦法獲得關於人的安慰，恨透到哪都一個人的感覺，唯獨死要反抗，不要帶這個東西入土。」

「聽起來幼稚。死更是一個啊，最一個人的，連我對這個東西沒多想的人都知道，爲什麼你反而充滿幻想？」

「說幻想太輕易，」他臉上露出不屑的傲慢，「就像死前裏著還拚最後一口氣睜開眼作鬼臉一樣，花了那麼大的代價活著，然後死，難道連作個『不要』的手勢這種權利都沒有？」

「不要再談這個話題。我不在你那個點，怎麼說都沒意義。」我心裏有某種阻力，阻止我再繼續和他往深處談。

「基本上，你跟我是一模一樣的。」他又展現在淡江時相同的詭異笑容。「只差，你現實主義的傾向比我重，所以比我容易逃開自己，滿羨慕的。那是可貴的能力。」他彷彿欽佩我到要親吻我的腳的地步，覺得有種乾苦的可笑感。

「謝謝。」我說。忍不住爆笑。他也被我點燃笑的種子，笑得更誇張。兩個都用力笑到肚子痛。我手掌愈來愈用力打他的臉頰，他也摸我的頭髮愈摸愈快，兩人在孩子式的遊戲中，釋放出繃緊的沈重東西，達到互相諒解的平衡。

「說說你自己吧。」我對他好奇。

「一個完美無瑕的人。家裏有錢到可以把錢當垃圾滿地灑，我又聰明到無論做什麼都很容易就第一。無聊得要死，好像我要做任何事都可以做也都做得到，沒有人會阻擋我。國小十二歲的時候，把鄰居小女孩的褲子脫了，開始練習把我那玩意兒放進女孩的身體。之後就預感到屬於我獨特的無聊性在等著我，十四歲加入幫派，離開家整整兩年才又回去。追殺別人，自己也常被追殺的日子，是比較刺激一點，但是會害怕來不及想清楚就莫名其妙橫死。

「會回家。是受了大震撼。有一天，喝醉酒在賓館做一個幼齒妓女時，看到她大腿內側大塊的黑色胎記，是十二歲時那個女孩，我叫出她的名字，正要進去，我突然哭嚎起來，痛徹心肺，她也掉著眼淚光著身體逃出房間。做錯事，要被懲罰，就是這種被砍到的感覺。從此回家去，逼自己過最正常的日子，對生命已失去異議的資格了，所以最好的懲罰就是束手就縛，任自己被無聊性抓回去。

「後來，又出現一個我救他一命的男的，和一個『女神』的故事。三年學生生活之間，我已經輕而易舉跳了兩次級，把兩年流氓日子又補起來。歷史太長，累了，下次再講，好嗎？」

他最後的語氣虛弱，虛弱中流出清泉般體貼的善意。我對他做個最高級眞誠的微笑點頭，報答他對我說這些，是「要報答」的感動。福和橋上車流成高速飛織的火線，離得遠看到整座橋，玻璃的金宮。

「手指頭哪來的？」我瞪著他問。

「叫從前的弟兄順便去卸一隻來給我的。」他有點不好意思。

3

自從對水伶說了要從、頭、開、始後，渴愛的水壩大開。

整個寒假，兩人沒見面。緩衝著，準備做更大的衝撞。如果我不再躲，放開去對待你之後，你要想躲就躲不了，會掉進水深火熱的地獄，寫信如此告訴她。即使是水深火熱的地獄，也讓我掉進去看看吧，我有你想像不到的潛力，她這麼回信的。帥氣，不知天高地厚，最後證明她眞的有「潛力」，預支的女性之堅強意志。

「前天……是禮拜六吧……嗯……我到新竹找紫明，自己搭中興號的……」她細細剝繭抽絲般地說，我一點也不敢打斷。開學首次碰面，兩個人站在文學院的大門廊下，恍若隔世。紫明是她高中最好的朋友。

「看她打梅竹籃賽……嗯，好高興……很久沒那麼高興了。」她轉頭看我，我聽得入神，「她帶我去吃很好吃的東西……晚上睡覺，關燈，兩個人聊很多……」她斜倚著廊柱，興奮地注視遠方，「隔天……她還幫我洗長髮……吹乾……」她敍述細節的神情，像個高級鑑賞家在細細品味，「唉，眞有點不想回來了。」我問她爲什麼，她輕歎著說「告訴自己要盡情地玩，開學回來就要開始不輕鬆了……」語鋒急轉直下，漾起微微笑意的酒窩。

牽著腳踏車散步到醉月湖。我說從前曾想過你大點是什麼樣子，滿像的。她問怎麼像。我說憂鬱一點，然後挺拔，以後哪一天會變成一個挺拔的女人。坐在湖邊的椅子上，她悠忽地說著她這一生的變化。

「一下下子，就所有人都不見了……你得自己上課，自己走路，自己坐車，自己吃飯，自己回家……不像從前筆記有人幫我抄，家政的毛衣有人幫我織，炊事課只要站在旁邊，體育跑完操場回來有人會扶著我走路，更不用提紫明每天陪我等站牌，替我做任何事、甚至連綁鞋帶這種事……大一有些時候，在學校胸口很悶，就到文學院旁的電話亭，打電話到新竹給紫明，可是常常不是宿舍電話打不進去就是沒人接……就更難過，眼淚都掉出來……」她眼眶濕紅起來，把頭埋在紫背包上。

下午。太陽露著。雨開始滴滴答答下起來，雨點愈來愈大，愈打愈急，天空陰雲逐漸密佈。我張傘要撐她，她推開說想淋雨，我收起傘，兩個人坐在白色的雙人鐵椅上，任雨淋。湖面上急驟的雨點如細箭漫射進無心的平面，風也颳起一波一波冷顫的皺紋。我看她的長髮被水膠合，髮末端水線沿著脖子滑下，臉更是簡約地清麗。

眼鏡片上水霧迷濛，眼眶被水打痛。兩人緩緩地走在大雨之中，走在無人大道的正中央，走在人聲全息，自然的聲音金鳴雷瓦之間。走進溫州街綠意葱蘢，全身雖濕漉，卻同夾道樹一樣翠綠淸新，宛如新生。不要不說話，你沈到哪個憂鬱的角落？心裏偷喚。

又不吃晚餐，說是浪費時間。她想到溫州街的房間坐坐。拿乾毛巾要幫她擦髮，她說要自己來。縮在床角，腿靠緊側伸。她想說話，說不想再依賴其他人，覺得自己可以不需要，現在已經很獨立，自己能獨自做任何事。嘴邊有一抹倔強。明白這是她現階段的課題，畢竟從前她是不曾獨自上電影院，沒有機會一個人逛街，那樣稀罕的玫瑰女孩。說我不要幫她做任何事，讓她自己做，除非，我會一輩子在。尊重她的哀愁，雖然她比別人晚學走路。

接近十點。怎麼辦，快十點了，她慌張地叫起來。沒關係啊，就回家去，我溫和地安撫她。怎麼辦，要回家了，她彷彿沒聽到我。像溺水的人拚命打水，我訝異於她突發的恐慌。怎麼辦，怎麼辦，她坐到書桌前，張著無助的眼望向我。如果不想回家就不要回去，我想使她鎮靜下來。不可能，我一定會回家的，她趴在桌上。我手足無措說，不要回去。不可能，不可能……，她哀哀地哭泣起來。我衝動地過去緊緊環抱住她的頭。她安靜，暖流通過。內心倉惶無比。

4

犯罪的高潮點愈移愈近，我預期著，企劃著，害怕著，必須決一殊死戰。

她習慣依靠別人，我容易照顧女孩子。她定時定量上課，我沾醬油、作秀式上課，下課前到上課前走人。她長髮披肩、穿著典雅接近二十四、五歲的女性外觀，我終年一式淘氣模樣、老舊牛仔褲估不起十五、六歲。

她學校家庭兩處做固定的簡諧運動，我是白日睡覺夕陽西下就出洞，到處拈惹的花蝴蝶，高速加熱的活躍分子。她羞澀內閉拒絕與人交往，我狡猾多變無往不利。

兩個人類，互相吸引。因著什麼呢？說來難以置信，超乎人們棋盤狀的想像力，因著陰陽互生的兩性，或某種不可說的魔魅。但人們說是器官結構，陰莖對陰道，胸毛對乳房，鬍鬚對長髮。陰莖加胸毛加鬍鬚規定等於陽，陰道加乳房加長髮規定等於陰，陽插進陰開鎖，賓果滾出孩子。只有賓果聲能蓋成棋盤格，之外的都去陰去陽視做無性，拋擲在「格線外」的滄浪，也是更廣被的「格線間」。人的最大受苦來自人與人間的錯待。

約定到我家住宿。對於她像小女孩買到櫥窗中心儀已久的洋娃娃。晚上十點，從長春路家教回家，搭74路路經復興南路，順便將她撿起。她在站牌揮手，身披大外套側背潔白水墨畫背包，與人私奔去喲。從窗瞧出，根植在家庭裏的她，延著細嫩的粉頸要伸進我的窗，想望我那方天空，不知窗裏既不能遮蔭也沒有多餘的陽光。

像兩顆玻璃晶珠，被74路晃盪到校園。牽「捷安特」載她，她安安靜靜地側坐在後，我踩著韻律性的踏板，唱一首接一首高中時期的流行歌，灌溉花木的夜圃，椰林大道騎著一遍遍往返間，愈騎愈寬闊。看不到她的臉，很想看，是月女般皎淨的臉嗎？「守著陽光守著你」加「野百合也有春天」是高中時的招牌歌，從前最喜歡張艾嘉，唱「最愛」、「海上花」、「我站在全世界的屋頂」或「她沿著沙灘的邊緣走」都可以回憶起她所代表的氣氛，「戀曲一九八〇」、「愛的箴言」、「小妹」是羅大佑歌裏最熟的，張艾嘉加羅大佑在我十七歲等於某種粉塊，塗成哀傷青春的背景音樂。高中之後，不再記歌名歌者，記歌了，你呢？

她說那晚很想抱著我的腰，沒敢這麼做，很後悔。後來的後來某天說的，容易佚散的小分支編目進記憶的主幹。

「你在寫什麼？」她問。

「日記。」我說。

「日記裏寫什麼？」

「寫你來。」

「我來能寫什麼?」

「要我念給你聽嗎?」

「好啊。」

「今夜是重要的一夜，某人來，與我共度雲雨巫山……」

「好了，我不敢聽下去。」

「怕了吧。」

「嗯，怕你了。」

在溫州街的房間。我收拾起日記，幫她舖墊被。讓她睡在木床上，我躺在十公分的床下旁地板。

「如果我們一起被關進精神病院，那該多好?」她說。

「是關在同一間嗎?」

「不要同一間。」

「爲什麼?」

「我怕你。」

「怕什麼?」

「就是怕。」

「那關一起有什麼好?」

「我們可以住在隔壁,床就隔著一堵牆,我就坐在床上跟你講話,你也坐在床上,然後一直講一直講……那有多好哇,都沒有別人。」

「那話講光了怎麼辦?」

「怎麼會講光?我就敲敲牆說我累了,然後睡覺,睡醒了自然又會有話講啊。」

「好,你在睡覺我就去寫日記,等你睡醒。」

「不可以啦,你不能還有日記,我什麼都沒有,你只能跟我說話。」

她從床沿掉下半個頭跟我說話。我將棉被裏緊身體。你睡在我旁邊讓我很難受,我說。那就到床上來睡啊,她說。那會更難受,心裏說。她頑皮又嘗試性地讓身體滾下來,落到我被上。頭髮觸我的臉,髮香沁我的肺。我使勁抱起她的頭,手臂繞到頸下,嘴貼著她的臉吸。她柔順。笨拙地抱,像黑雨落在白雪地上……

5

中國時報上有一篇文章是這麼寫的：台灣再不採取保護鱷魚的措施，鱷魚就要絕跡了。很多讀者來信問到底什麼是鱷魚，他們從出生到現在從來沒看過鱷魚。

「喂，是寰宇版嗎？」一個讀者邊查動物百科邊打電話。

「哞，對啦。」正吃著鮪魚三明治的編輯接到。

「鱷魚到底長什麼樣子？」

「關於鱷魚的事，不要再問這版了。」

「哈囉，社會版嗎？管鱷魚的事吧？」

「管啊，我正在試穿鱷魚牌的衣服，一件一千多塊，是這檔事嗎？」

「總機，幫我轉總機，鱷魚的事到底該問哪一版？」

「不早說，你已經是今天第一百九十九個打來問這個問題的人，本報已全權委託副刊組回答，因爲他們愈來愈閒。」

「這裏是副刊，你也是問鱷魚在哪裏可以看到吧？」

「不，我連鱷魚是什麼都還不知道呷。」

「我討厭你。就是有你這樣故意不問相同問題的人，才害我不能使用錄音回答，必須坐在這裏連吃第二十份鱷魚三明治。」

「我怎麼知道要問什麼『相同問題』？」

「那你就應該先說『請問什麼是相同問題』啊？」

「有道理。那，錄音怎麼回答？」

「很簡單啊，只要錄音響一百九十九次——」接著發出「嗶」的錄音聲：「相同問題就是鱷魚在哪裏可以看到——嗶——聯合報副刊組的電話是七六八三八三八——嗶——完畢。」

「喂，聯合報副刊組嗎？」

「嗶——副刊組人員因電話過多，集體喉嚨發炎，以下是電話錄音，嗶——鱷魚是一種很像魚的人，不是很像人的魚——嗶。」

「無聊，嗶。」

另一篇文章說：如果鱷魚真的絕跡，就不須保護了。好像是聯合報。

6

距離下一個我要描述的情節點，之間的故事時間，裏面的我在前所未有的罪惡感與恐懼感中，像搓蘿蔔簽一樣，在搓板上被磨得皮綻肉破，爛爛的。從前，我只是預期著我將幹下與女人肌膚相親的滔天大罪，更在她出現以前，更輕微，只是隱約覺得自己得提著鞋子躡腳走路，轉彎閃過人人都會拿石頭丟玻璃屋的那個方向，在離得夠遠之前，不要被拿著石頭的人們叫住了。

稍稍轉個身體弧形，鞋子都沒提穩，就被水伶橫橫攔下。石頭在我心裏，便一顆兩顆三顆地打下來，顆數愈來愈多，似乎要等到全世界的石頭從聖母峰頂合唱哈雷露亞地齊滾下來。

不知道從什麼時候開始，我自動地腦裏會出現所謂的「性幻想」，大概是國中時看了一部叫「娃娃谷」的影片後吧。不知道從什麼時候開始，性幻想裏不再是影像中的情節，換成水伶，當關於水伶的性幻想侵入我腦裏，我就預期著自己一步步走上與幻想情節貼合。

一直到此刻我仍然不眞的明瞭那種恐懼感，它到底來自哪裏？卻受著奇怪性欲的壓迫與恐嚇度過青春期和大學時代的一半。我安慰自己，我是無辜的，恐懼感是自生在我體內，我並沒有伸出手搬它進來，或參與塑造自己的工程，幫助形成這個恐懼感蔓生的我。但我的生命就是這樣，成長的血肉是攪拌著恐懼的混凝土，從對根本自己和性欲的恐懼，恐懼攪纏恐懼……，變成對整個活下去的恐懼怪獸，自覺必須穴居，以免在人前現出原形。

跟水伶說從、頭、開、始，對我而言就像海上難民終於飲海水，我選擇和自己與渴望的核心對決。是放棄抵禦加速奔向毀滅，也是不顧一切要在毀滅到前享盡從前所禁錮的。

愈來愈多對她的性幻想充塞在白日，騎車時、走路時、與人說話時，晚上也要花愈來愈多的時間自慰。開始抱她的身體後，彷彿挑斷我恐懼的筋，痛得我必須咬斷牙齒，試著用更劇烈的痛止痛，想要像惡狼一樣狠狠地啃噬她的身體，這是新的想像。

7

約好「詩經」下課去等她，結果沒去。把自己鎖在房裏，她走到溫州街按鈴也不應。想要自己一個人，把關於她的部分割在外面，過自己鎖在房裏的生活。到傍晚下樓，開門，她坐在腳踏車上用可憐的眼神看我。怎麼知道我在家的，我說。你的腳踏車在啊，她說。眼眶紅起來。你是不是又要跑掉了，她哽咽地問。無言以對，正中要害。趕緊用卑劣的演技安撫她，說不要胡思亂想，我只是昏睡睡過頭。她說「詩經」沒看到我，就直覺我又要跑掉了，一路掉眼淚走過來。

「爲什麼又要跑掉？」她問我。深夜我擔心她在擔心掛電話給她。

「這麼相信你的直覺啊？」我嬉皮笑臉想迴避問題。

「對。」她強硬又帶委屈地回答。

「好，沒錯，你的直覺很恐怖。自從在一起後，我分裂成兩個，一個要把我從這裏拉開，另一個要幫你把我留在這裏，兩個拉來扯去。」

「從什麼時候開始的，痛不痛？」她像是既疼惜我又怨尤著。

「從一開始就會這樣的啊，我不是說過嗎？我們一定會分開的，從一開始我就知道了，沒有永恆的愛情。」我狠意地說。

「如果你和我在一起那麼難過，那就不要好了。」她使出殺手鐧。

「嗯，你也不要這樣拉扯。好，就不要了。」首次向她坦白隨時想偷跑的心理，她也深受傷害，更推我向懸崖，心一刹，閉眼直向下縱跳。

隔日。像百合重又清新地開在無人的山谷。我獨自關在腐臭的房間，享受割除背瘤後未及流血的自由。十點，照正常作息家教回到家，她打電話來。說守在站牌等74路過去，已經五、六班車，沒看到我。我沈默不語，開口巨山又會壓到我頭上，在我未開口前，巨山把她的身體整個壓在地上，只露出崎嶁的嘴形。我要見你。她哀求、沈默。好，我開口了。

她坐在床沿老地方，問她等74路多久，她閉上睫毛眼淚噗簌噗簌掉，我扭絞的筋骨喀拉扳緊。扳緊到極點後，完全錯開。我讓你受苦了，不會再幹絕決的事，我吐出堵住喉嚨的話。她笑出一聲，又哭嚎著隱忍散彈般的痛苦，我用幾乎是要化爲她內臟的意涵，畫擁抱的普通符號。

8

有的鱷魚穿著黑亮長毛的貂皮大衣，走進一家掛著藝術化杉木小招牌··Lacoste（鱷魚牌）的進口服飾店，摸另一件黃黑相間的貂皮大衣，不忍釋手彷彿只有它（因爲性別未知，對於鱷魚一律去性化稱呼，便利溝通和傳播）最適合穿。鱷魚可不是暴露狂，它不會故意繞到櫃台，老闆拿那件給我看，突然打開大衣，寶現裏面的光溜溜。如果眞的如此幹，老闆會說什麼？

「啊，你是鱷魚。」這樣的老闆表示他看過鱷魚。

「搶錢啊？我可是有繳保護費的哦。」這個老闆是死要錢型。

「你那個太小了，不夠看。」這個老闆是高手，有輔導學的概念。

鱷魚打開大衣後，裏面到底是如何的光景，沒有人知道。更何況不曾有一隻鱷魚眞的走進Lacoste服飾店又眞的打開大衣，鱷魚只是摸一摸另一件貂皮大衣而已。它是源於喜歡嗎？還是摸著摸著會有快感？

誰知道呢？普通的人們認不出鱷魚。國中生和高中生是鱷魚新聞的忠實觀衆，他們從補習班回來後，正好可以邊吃晚餐邊睜圓眼看「台視新聞世界報導」。大學生們是最冷淡的年齡層，他們變得疏遠報紙和新聞節目，以免被認爲和鱷魚有關，因爲民意調查中心說鱷魚混進這個族羣最多。

四十歲以上的人把鱷魚旋風當成考古學家，挖出比山頂洞人更古早的人類祖先這類事故。上班族宣稱他們只注意立法院打架和股票的消息，藍領勞工則表示不屑看影視版之外的任何鬼扯蛋。但他們會偷偷站在小書局前面專注地看《獨家報導》、《第一手消息》之類的雜誌。只差上班族掏掏口袋會忍不住買回去，所以上班族家裏的四十歲以上長者，也有機會補充考古學資料。

鱷魚想，大家到底是何居心呢？之於被這麼多人偷偷喜歡，它眞受不了，好、害、羞啊。

9

看過《預知死亡記事》嗎？

我問她。那是一部電影。我和她並非沒有甜蜜時光。她也並非一個姿色平凡的女子。我們之間靈魂的鍊鎖更非我這內容稀薄的一生能解開的。她點點頭說看過，我問感覺如何？正好相反，我極不願敍述這一部分，想到只有捶胸頓足。她搖搖頭說不想說，那表示她有特殊的感覺，不願說出來破壞它。因爲還得活下去哪，她給我壞的和好的，像沒加糖的黑咖啡和奶精，分開喝下去，兩邊都很純粹專注，就已經喝下肚了。然而我偏好說出黑咖啡的部分，奶精部分只能學她搖搖頭使用隱喻。

我要求她想想怎麼說，明天告訴我她的感覺。男主角四處流浪爲尋找夢中情人，一眼「選定」女主角後，費盡心思揮金霍土，終於娶到她，然而新婚之夜發現新娘不是「處女」，當夜衣衫不整抱著新娘痛哭後把她「退回」。此後新郎被家人帶回，女主角每天寄一封信給他，最後一幕，男主角「背著一大袋信回來」，進入女主角等他的庭院，「沿路將信灑開」……她要我從頭敘述一遍，彷彿可以獲得全新的享受般。

這就是隱喻。我的愛情只是往返於溫州街和校園之間的單調絃線，如何震盪出腹裏的饒舌或雷鬼樂，可以假借愛情的「現成物」，編輯其中的線索成自己肚腹的手風琴。水伶不知道，我倒著讀《預知死亡記事》，我是女主角將被發現不是「處女」而被「退回」，卻順著男主角的行動展開。

明天。我連睡二十個小時，起床寫可惡的告別信給她。傍晚六點，面對著窗戶寫信，天空的雲泥像一匹棕紅色鬣毛的馬在奔騰，信寫到一半，樓上電鈴響。打開紅色鐵門，水伶就坐在門緣，枯死般地坐著，我把她硬拖上樓梯，陪她坐在剛好可擠進兩人的階梯上，她堅持不願到房間裏，關上鐵門。中文之夜的晚會排演上，她出醜了，受人斥罵，就在剛剛。這對於閃躲他人注意如疫鼠的她，猶如奇恥大辱，她艱難地忍耐著，不說半句關於情緒的話。我拚死舔吻她的雙眼，由乾枯到浸滿淚水。

忘記說了些什麼話，我還是把她逗笑了。我就是有像小丑般的本事，一邊心裏因無能保護她免於外界傷害而像老鼠被夾到尾巴，一邊卻裝出鐵臂鋼胸任她依靠的保護者氣概。我這個可鄙的人哪，難道還要趁她被恥辱擊落井中時，再落井下石？更何況她還在這之間聽到我在井口說馬上把繩子拋下去拉她起來，有我在不要怕的導盲式洪音，而開心地笑了。可鄙之上再加一重可鄙吧，如果今晚我不下決心當她撒旦，過了此夜，我可能連最後這個惡的出口都被堵死，就像被通緝的殺人犯若不再繼續殺人的行爲，可能馬上會自首。

送她到74路站牌等公車，一路穿插笑料。74路從遠方閃進眼瞼那一瞬間，我若無其事地說，正在給你寫告別信，等一下還得回去繼續寫，半夜會親自跑去丟在妳家信箱。過了幾秒，她才回過神，說不必了，若無其事地上公車。據她後來說本想瘋狂地拔腿逃開，那樣臨時鎮定住的超人意志，是源於報復之恨。

昨天的明天，她來不及告訴我關於《預知死亡記事》。

10

一大早把信丟進她家信箱，像把幾千斤重擔丟進海裏一般，身體都輕盈起來。

說要切斷關係。很快地收到原封不動的退信，附加她表明含恨受辱的潦草短箋，顯然是邊寫手邊發抖。那是一九八八年四月的事。大約一個月，我都處在「竟然完全可以不受關於她影響」的新內疚裏，單獨過無聲無息的日子。

五月生日前兩天。在樓下「捷安特」籃子裏發現一大捧玫瑰花，沒人在。晚上八點再度下樓，水伶又坐在腳踏車上。我說今夜正好要搬家，她問我搬到哪兒，我噤口沒說。她改採耍賴的方式說：我以後應該又可以來看你了，因爲從前你說過分開後只要忍過一個月，以後就能再過下去，但我已經忍耐超過一個月，還是一樣難受啊。她像愉快的小草尋到雨露般地解釋我們關係的出處，要求我讓她幫我搬家。我殘酷地搖搖頭。

她使盡各種招數，耍賴哄騙拖拉，近深夜十二點把我拖回她的房間。黑暗中，我徹底解體爲兩個人，一個我眞正是貪婪地啃噬著她，另一個我冷冷地置啃噬她的動作於度外，精明地盤算如何在何時脫身。在某種情人間特有穿透心理的X光下，我敏銳地察覺到她在這一個月獲得關於我的新知識，從她黏熱且緊緊纏住我的身體帶著「獻身」的意涵，這是從來不曾出現的複雜語言。雖然是極其隱晦曖昧的波襲向我，可連她都不明瞭，她正以某種新的成熟做爲絕地挽留我的最後手段，但對我而言正是致命的恥痛，像用燙紅的鐵絲猛然插進猴子的屁股。當她的智識稍稍觸及我那一大塊難以啓齒的邊緣（模糊且吶喊式關於性的禁忌一時，竟然正是我的崩潰點。）那一刻，我清清楚楚地知道，我被某種超乎人性的力量分裂爲二了，他們兩個正像兩頭蛇般身形俐落地各行其事，同時我聽到體內胸腔鳴著難聽的獸嚎，不知是發自哪頭蛇？

關於我的恐懼，我總算遇到眞正的殺手，而得以淸算它的全貌。淸晨五點，我不顧她層層的哀求我不要離開，掙脫她跪在地上緊縛我的雙手，像把被肢解成塊的身體用破布隨便裹住般地，夾尾而逃。

11

逃亡記正式落幕。一九八八年五月底離開溫州街。這就是我的「預知死亡記事」。大學第一年很快地跟著落幕。

該怎麼說呢？憤怒嗎？懊悔嗎？自恨嗎？是要把這些情緒都從桌上掃掉的另外一種。只想把自己浸在黑油油的什麼東西裏，慢慢地窒息敗壞掉，最好連屁都不要放一聲，臭味也不要溢出來。

我不知道別人是怎麼忍受生命對他們的狠暴、殘酷的，也無法比較被殘疾、謀殺、強暴或關進集中營命運光顧的人是不是更受優待。我只知道，我被逼到牆角，然後自己猥褻自己，爲了對抗猥褻的恐怖，我犧牲了活生生的她，對我代表最美好的東西，不惜糟蹋她，換得剩下卑賤的赤條條身軀。這一切都只是我自己，狠暴、殘酷也都是我幹下的。我該如何忍受？

無論如何。水伶，我永遠虧欠你。我這之後的一生，都彷彿必須爲了我十八歲時所犯罪所錯失的，變換著形式，付出代價。只要我還活著並且有能力，關於人類的恐懼，我願意不斷地說。

第三手記

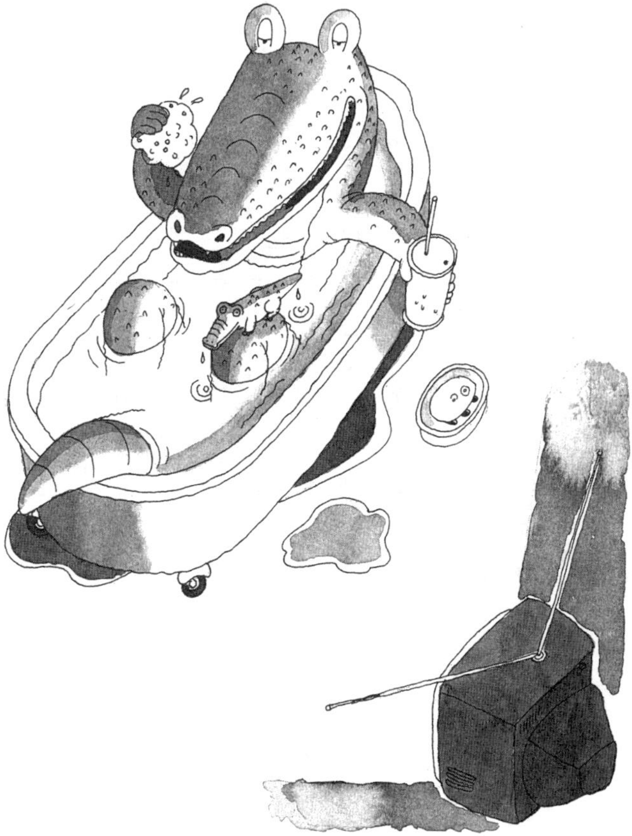

1

有一天，鱷魚夢到一個夢。它和一羣不知道什麼人要一起出遊，可能是偷偷寄給一家私人「紅娘公司」求偶資料卡後，「紅娘公司」所舉辦的男女郊遊活動。也可能是它所加入的金沙灣救生協會，應被救人要求與救生員共度週日的活動吧。鱷魚前夜就準備好巧克力、蝦味先、蜜餞、口香糖、可口可樂、撲克牌、滑板、隨身聽、傻瓜相機，它的紅色泳具和一大包蘇打餅乾。隔天背著這一大包行李到車站和一大羣紅男綠女會合，鱷魚看到他們，喜孜孜地背過身拉出藏在人裝裏的嘴，咯咯（或呼呼或呣呣或嘻嘻，到底笑聲是如何不太清楚）地笑幾聲，它很久沒這麼近地接近人類囉。

遊覽車在一座山上放他們下來。大家推派它去買「布丁冰棒」（爲什麼會是它、和爲什麼是布丁冰棒，夢境不詳）。等它回來時，山上觸目所及之處都是獅、虎、豹三種凶猛的動物，而牠們之中有幾隻正抖開它的行李，喀啦喀啦吃將巧克力、蝦味先和蘇打餅乾起來，還有一隻斑點的小黑豹撐進紅色泳具走來走去。擋在鱷魚前面的，是三隻如卡車般大小的獅、虎、豹並排蹲著注視它，它鼓起身爲人最後的尊嚴，用力揪動其中一隻觸鬚，它所壓著的底下又是一隻小一號一模一樣的凶物，底下的底下又一隻……其他兩隻也一樣。鱷魚叫這個做「獅、虎、豹的繁殖之夢」。爲什麼一定得說是夢呢？

2

接下來的生活變得很簡單。住在和平東路的親戚家，跟兩個與我同年齡左右的表兄弟住在一起，三個人比賽著誰最晚回家最晚起床，於是只剩下餅乾碎屑般的時間做禮貌交談。時序進入一九八八年七月，大學一年級結束後的暑假。在某晚某個熱鬧的茶藝館角落，一個辯論社的老學長帶我參加一個新社團的籌備會，起草社團章程簽下附議書的有三十人，但實際到場的等了近兩小時卻只有三個人，加上我這個旁觀者共四人。最後，可能因爲可憐那張社團章程，或防止自己像用細瘦玻璃杯喝下摻鹽巴的沙士般喝下任何去命藥物，旁觀者竟然點頭答應擔任社長的職務。

白天我奔走社團的如麻事務，晚上待在麥當勞買小杯可樂，看書到十一點打烊，騎腳踏車回住處，打十幾通電話給社團必須聯絡的人。不到午夜不敢回家，怕被寂寞烤乾蒸發掉。住在和平東路那一陣子，獨自待在房間長一點時間，就會像一滴水掉到沙漠裏，除了寫日記勉強榨出幾絲氧氣外，其他時候就逃避到睡眠裏，時間成了睡眠之杯裝不滿後橫溢出的液體，就換以酒杯盛，慢慢地靠上了酒精。睡到身體不需要睡眠，心理仍然需要時，就喝啤酒把自己再擠進斑駁的睡眠裏。

那時讀記得較清楚的是像拉格維斯特的《侏儒》和馬森《生活在瓶中》這樣的書，還有一篇叫木壽三的青年寫的，名字是《你命該孤獨》的小說，刊在雜誌上，把這三個小說拼湊在一起。那時候待在那間豪華的雙人房，高級大廈十二樓的氣派公寓裏，房內厚玻璃的金框大窗，米黃色百葉窗簾，深咖啡質地光滑的大辦公桌，所有的日用品都似乎鍍一層銀，那是目前為止，我在台北窮酸的求學生涯中，住過最高級的住處。但我卻感覺像拉格維斯特筆下醜惡畸形的侏儒塞在頸口細窄的小瓶中，隔著玻璃變得誇張的五官，緊貼著瓶擠眉弄眼，再接枝上木壽三精彩的想像力，左邊抱著一本《百年孤寂》右邊抱一本《渴望生活》，瓶子底下著起火來，侏儒的軀體連著瓶子劇烈地扭曲、烤焦……。

那樣的我投身進社團，社團也結成特別的景觀，用梵谷的一幅畫「吃馬鈴薯的人」，正足以說明，綽綽有餘到吃完雞腿還能在嘴邊抹下一層油的地步。

3

「請問什麼時候有迎新活動？」這是至柔的聲音。

「是啊，看到你就等不及想參加這個社團。」，這是吞吞踩進我記憶裏的第一聲。吞吞和至柔像一對姊妹花，兩人都穿著俏麗的短裙。

「看過介紹的傳單嗎？」我坐在貼有社團名字海報的長桌上，像個當街叫賣的小販，對著學校的操場上被各個社團桌子圍成一圈剩下的廣場，做招攬顧客的喊叫。大一的新生訓練日，各社團搶新社員的大拜拜式節目。每個學生社團都會動員上個學期僅剩的老兵殘將，使出看家絕活，裝出最像樣的門面，把新生騙進來，最好能讓他繳社費。

「嗯，剛剛站在旁邊時看過了。」至柔的聲音帶著催眠般的韻律性。

「好，那我來講一下社團的性質和活動，我們……」

「聽過了，我們已經站在你旁邊聽完你跟剛剛那個人講的啦，難道一模一樣的還要再講一遍？」香香開朗地笑開。

「欸？怎麼知道我講的一定是一模一樣？」我不服輸。

「好啊，你再講看看啊，看看一樣不一樣？」香香更開心地笑著鬥嘴。

「試試看啊——我們這可是空殼社團，連社長在內眞正會連續出現的人不到六個，千萬別來參加啊，連社長都還沒交社費。距離正式成立雖然快一個學期了，但實際運作還不到一個月，尤其社長長得奇醜無比，脾氣又古怪，相處久了會覺得像某種怪物哦……這些講過嗎？」我說。

「你這樣譭謗你們社團，不怕被社長聽到？」香香忍住笑問我。

「我就是社長啊。」我裝出一本正經的樣子。

「天啊！」香香和至柔同時喊出。至柔笑得很靦腆，像被我和香香的對話逗得合不攏嘴。

「你就是某種怪物嗎？」至柔揷進來問。

「對啊，看起來滿像的，到底是哪種啊？」呑呑跟著追問。

「這當然得進來才知道，眼前你們能看到的，頂多是口才好魅力夠又有深度的那種怪物。」我故意誇口地說。

「對，耍嘴皮的嘴才，狐媚的媚力，和深度近視眼啦！」至柔突破靦腆的保護線，加入鬥嘴的行列。

「好啦，說正經的。你們沒想到這樣一個有人文氣息的社團，社長竟然長得像我這樣吧？」我覺得很喜歡這對新生。

「是沒想到……嗯哼，身爲一社之長的人，竟然像流氓一樣大張著腿坐在桌上跟人說話，有時還甚至站到桌上去，嗓門大得可以勝過賣菜的……」至柔提高聲音，用手扳著我的下巴端詳一下，「長著一張國中生的娃娃臉，結果仔細一看還是個，嗯哼，偉大的女性咧……」至柔促狹地碰碰呑呑的手肘，「好了，換你接下去說。」

「但是，聽這個娃娃臉剛剛講起什麼過大學生活的方式和選擇讀書態度等等，又像個大四的老滑頭，滿有料的。再加上能以一敵二，力戰我們兩個不簡單的人物，瞎掰到現在，應該有資格幹社長了啦。」吞吞接著至柔的話講，彷彿兩人練習這種接龍遊戲已經爐火純青了，不然就是她們根本就是同時想到同一段話，所以能合作著拼成。

我收拾起應酬作秀的心態，專心吸進這兩個小女孩的氣息，她們身上有些我所羨慕的東西，類似「高貴」的品質，這種品質是我太熟悉的。我待在台北市號稱最好的女校高中加工了三年，聞慣了隨便從哪個操場或走廊的角落冒出這類人肉的味道，甚至早已學會替這類味道分等級的自動系統。

「我現在念大二。看了你們的資料，一個念國貿系，另一個念動物系，兩個人同校，是閨房密友吧？我是你們高中學姊咧。」我富親切感地說。

「唉，眞好，『學—姊』好。」吞吞頑皮地拖長尾音捉弄我，我自己說這兩個字還不覺得怎樣，經她以強調的方式說出，彷彿在稱呼我旁邊的女性。我也發現她們倆似乎能很快就拂開我身上一些無關緊要的披掛，這些披掛是從與他人相處的歷史中習得，順著他人辨識別人的習慣所結穡成類似皮膜的裝飾品。吞吞代表她倆很快地將我置於精準的焦點上觀看。

「誰是念動物系的，可能是我的學妹哦。」

「讓她猜猜看。」至柔拉拉呑呑的手，阻止她說。

「我看她比較活潑，比較可能念國貿系。」我略帶懷疑地指呑呑。

「錯了，呑呑是保送生，因爲懶得參加聯考，所以選擇中研院的資優生栽培計劃，直升動物系。」至柔解釋著，得意我猜錯。

「哦——那你從前不是倹班就是射班，對不對？」我又指著呑呑。

「怎麼你也是資優班出身？」呑呑驚訝地問。我隱藏著羞愧點點頭。這種頭銜可不是什麼値得冠在頭上的事兒，反而尷尬的成分更多。

「我們是射班，那一屆理化資優班在射班。」至柔興奮地說。

「我們？你不是考上國貿系，在文組嗎？」我指指至柔。

「我們同班啊，至柔高三才決定轉文組，不要臉，別人準備三年，她準備一年就以全台灣第六名進第一志願。」呑呑用食指戳進至柔的臉，明顯洋溢著以她爲榮的喜悅，至柔輕巧地露出酒渦，她的笑容順著酒窩的渦心滑入人心。兩人不知不覺依靠在一起，含羞草的葉瓣反射性開闔。

「我跟你們很有緣，喜歡你們兩個，請你們吃午餐好嗎？」我從桌上跳下來，臀部的肌肉有些發酸。我用大拇指比了個「走吧」的姿勢，兩個人爆出興奮的尖叫聲，默契地伸出一隻手在空中相互擊掌慶歡。

十月的太陽曬著細砂地，彩色向心狀條紋的遮陽傘像罰站太久的新兵們，開始趣味地歪著身子。傘下一派年輕熱情的老生，或坐或站紛紛顯出掩蓋著的浮動的歡樂狀，對於從新生訓練的無聊會場溜出而逛進這個菜市場的人羣，展開商業的複製熱絡迎接，在煩躁的歡樂、複製的熱絡混成的綜合飲料中，上層還漂浮著眞誠的純白奶粉塊，不均勻地浪動。這似乎就是年輕的寫照。

接近中午，許多最近加入的新社員，按理說沒繳費也稱不上社員的，頂多是多在社團活動的場合露臉幾次的人，下了課紛紛跑來幫忙。我交代旁邊的一個幹部，請他照顧攤位。從遮陽傘後面牽出腳踏車，邊牽著走邊踏著滿地紅紅綠綠的宣傳單，兩個小鬼蹦蹦跳跳地跟在我後面，鬼祟地交頭接耳，似乎在商議著等會兒如何敲我竹槓，並如何羅織語言陷阱捕捉我，叫我人財兩失。

「幹嘛一個特意轉了文組，還念了個最可怕的國貿系，另一個有那麼好的頭腦都能通過中研院的層層考驗，卻挑了個必須整個人泡在實驗室的門路？」我劈頭就倚老賣老說兩個人。進的是一家歐式自助餐，我選了靠窗可以望見門外人來人往的座位，點了份焗通心粉，兩個則一起坐在對面，吞吞吃甜烤雞腿，至柔的偌大盤子裏只盛一小塊巴掌大的牛排。

「不會啊，動物很好玩，我喜歡大自然，多了解一點生物也沒什麼不好。」吞吞含著雞腿說。

「吞吞是自己選的，我是被逼的。考前一個月，什麼書也沒碰，一個人跑去花蓮一間面海的寺廟住，整個月一個字也沒看，甚至忘記聯考這回事。前一天被住持叫去，說我媽媽偷偷來過，希望我離開寺裏去參加考試，才去考的。沒想到運氣好成那樣，一考就考成全台灣第六名，只能怪我猜題的直覺害了我。放榜後我根本不塡志願卡，整天躺在床上，只有八點檔連續劇時出去看一下，我一出房間全家人都用一種奇異的眼光看著我，又是乞求又是可憐的，只有我爸正眼也不瞧我一眼。繳志願卡的最後一晚，我用吉他彈了四十首曲子，又剪紙剪了十個『囍』字十個『佛』

字後，塡下志願欄的第一欄，隔天乾脆地交出去。雖然沒人開口說一句要求我讀國貿系的話，但那樣的結論在我家就像看電影前非唱國歌不可一樣自然的無理。我不用等到他們來對我失望，因爲我沒辦法不再跟他們生活在一起。」至柔以不在乎的表情說著，但眼神裏有對自己狠硬的堅強，繼續用蜜般的甜笑淋在其上。

「嗯，說得好，『像看電影前非唱國歌不可一樣自然的無理』。」吞吞像個頑童在我聽起來很沈重的話語中，拾掇至柔話裏的小貝殼。

「這應該不是被逼，是自己選擇不要別人對你失望的。」我說。

「你是要說，雖然不是我眞心想要讀這個東西，但還是爲了我不想讓別人失望這個目的，仍然是出於『我、的、意、願』的選擇，是嗎？」至柔反應快速地搶著替我進一步解釋，她的聰明已經接近狡黠的那一型了，反而顯出偏離我心幾度的防衛性，但她的聰明還是亮晶晶地令我激賞。

「讓他們失望會怎樣？」我問。

「問得好。」吞吞邊用餐紙抹嘴邊附和，我問到她有同感的重點。

「你能忍受讓你的家人對你失望嗎？」她反問我，是躲開問題的高招。

「打從我懂事以來，我慢慢地在讓家人經驗對我的失望，一塊一塊打破他們為我塑造的理想形象，雖然會帶給他們痛苦，但如果不這樣子，我犧牲自己躲在假的理想形象裏，日以繼夜地努力掩埋對他們的怨恨，帶給他們的痛苦不見得較小。」我誠實回答。

「你把理想形象的每一塊都打碎了嗎？」至柔接著反問，柔和地。

「很難。辛苦打碎了某一塊，雙方都受到傷害，自己又會迎著他們構圖的方法建造起新的一塊，像是補償，常常自亂陣腳。對他們總是有愛，也有起碼被接受的需要，所以要很勇敢地把自己和他們分開，否則一臨到要拿對他們的愛和需要作本錢，換得自己的自由時，就會在衝突的刀口上退卻下來。」對他們倆說這些自家經歷，一絲阻力都沒有，越說越願意。

「我這眞的叫不戰而下。」至柔苦笑著調侃自己，「跟精神病患擔心自己只要一動全世界的人都會死光，所以必須僵直不動。有些成分相同，是不是？」至柔優雅地說著，手捲著呑呑的吸管。有點自虐的淡淡意味飄進我鼻裏，我突然覺得她的笑像遲暮美女卸裏後的皺紋。

「還不到那麼嚴重的比喻。」吞吞搖搖頭，把吸管拿回去捏順，照樣揷進冰紅茶裏，艱難地喝，「拉子不是說了嗎，忍受家人對你失望，那種事很難。更何況事實上你的家庭對於小孩該塡國貿系這類事的態度，也確實比其他家庭，更是堅固的堡壘啊！」

吞吞抬起頭，眨著眼，語調從剛才雀躍轉暗了點，尾音還是上揚起來，想有精神地傳達給至柔的訊息，是分類進信心、樂觀那欄範圍的。她把我所說的關於忍受的對象偷天換日，接成她要說的話，又貼了我的商標，作爲對至柔情緒下掉的扭折點。她開始展現給我看，在統一、單純的外在開朗印象裏，是偏向不著痕跡的聰明。絕少稜角的柔軟，像水無聲無息地滲進光潔的白沙堆裏。

「喂，誰是『拉子』啊？」我明知故問，抗議地尖叫。

「就是你啊。」吞吞驚訝地看著我，我不知道好像是我的錯。

「怎麼叫這麼難聽的名字？」我忍著好笑，裝出嫌惡的樣子。

「欸？」吞吞更瞪大眼睛，裝出一本正經，「我覺得很好聽啊。」她說得像這個名字是對我的讚美，使我快昏倒。

「怎麼不叫桌子、椅子、鋸子什麼的都比這好聽。」我說。

「你坐在『攤位』上時，我就先想好，要叫你做『拉』了。」

「那爲什麼又多加了個『子』呢？」我其實對她的創意很好奇。

「欸？因爲『拉』是個動詞啊，要把『拉』的下面封住。這就像佔位置一樣，這個名字是我取的就要把它獨霸住，用『子』封住禁止別人使用你這個會動的名字。『子』這個字又像萬用貼紙一樣，撕下來『拉』就能萬用了。」吞吞這個昆蟲學家在解釋她發現的新昆蟲。

「謝謝哦。」我惡毒地瞪她一眼，「再請問一下，爲什麼『拉』要是動詞？」

「嗯，好問題。」她右手彈了一下手指，發出響聲。「中國人叫小名都把名作名詞用，什麼阿寶、阿花的多難聽，你看我們的『拉』，作動詞多好聽——什麼拉麵、拉鍊、拉扯、拉皮條……。」

「對，還有『拉尿』！」我說。

「乖小孩，就是這個啦！你眞上道！」吞吞拍拍我。

至柔爆笑。她看我和吞吞一來一往地合演耍寶戲，早已笑得用手掌猛壓住口，這下更笑得人仰馬翻。她總是那個讓我和吞吞賣力演出的忠實觀衆。

「那至柔叫什麼？」我裝出不服氣的樣子，拖至柔下水。

「我高二幫她取的，叫這個……」吞吞撇撇嘴，比比腹部。

「肚子！」我大聲喊出這兩個字，噗哧笑得噴出咖啡。

「那我們合在一起，全名不是叫——『拉肚子』嗎？」至柔奸詐地說。

這下換我和吞吞兩個人仰馬翻了。吞吞這個禍首還敢先喊受不了啦，揮著停戰的手勢。

拉子。我喜歡這個新名字，就像喜歡這對「雙冬姊妹花」一樣。之於她們（單位量詞是「一對」），只有一句話可以形容——啼笑皆非。

4

鱷魚打開冰箱。冰箱門內的貨物架上，放各式各樣的罐頭。據鱷魚專家的研究報告，罐頭就是鱷魚的食物。鱷魚喜歡在晚上回到家後，扭開電視機，看夜間新聞有關鱷魚的報導，邊坐在底下有滑輪的浴缸裏用海綿塊洗澡。手從小茶几上拿一罐罐頭，把包住牙齒的齒罩整個拿下來，利用前門的尖牙在罐頭上鑽兩個洞。它的尖牙是小長貝螺形，光滑，摸著會有輕癢感。齒罩套上後，恢復成排平整的正常樣式。鱷魚喜歡用前端削尖的吸管，揷在罐頭裏吸食，在水裏玩一隻綠色塑膠鱷魚，低頭用兩手擠鱷魚的肚子，「唧」一聲，水噴到鱷魚臉上。穿綠西裝的播報員說，在收看明日天氣之前，讓我們來聽每日關於鱷魚的系列特別報導。塞在播報員左耳的隱藏式耳機，掉到播報台上，發出「鏘」的響聲。畫面沒跳到「電視評論」專家的大頭像，停在播報員不時朝螢幕，不知在對誰擠眼，又尷尬陪著笑，專家的聲音——

依照慣例，爲了保護國格，新聞局統一規定，關於鱷魚的新聞，在影像技術必須經過特殊處理，所以看起來有噴霧的效果。這效果可以防止其他國家的衛星接收到，最新式的錄影機也無法拷貝。因爲關於鱷魚在本國成長的實際數據，及本國發明的保護或消滅鱷魚新方法，這些都屬高度機密，不能有實際的證據落入他國政府手中。本世紀，各先進國家早已採取封鎖策略，也因此，使本國接收不到關於這方面的消息，遲至近幾年才重視到關於鱷魚存在的問題。然而，各位國民收聽完新聞後，都應保密，萬一本國的鱷魚狀況很嚴重，我們將被踢出國際社會。被踢出的方式，到底是居時會變成聯合國決議特別闢出保護的觀光特區，之後觀光人潮湧入，全球爭相報導。或者被從萬國地圖上挖下來，像百慕達三角洲一樣，成爲神祕的黑暗大陸，所有的交通網斷線於本國，沒有半個外國人膽敢踏入，本國人也無路可出。一日洩密，將會導致如何的國際局勢，很難預測，畢竟我們關於鱷魚的了解，是少到如指甲縫中的菌屎般，而依靠習慣的先進國家，這次又用鋼牙死咬住資料，可憐啊。這次唯有全國國民團結起來，面對未知的謎！

鱷魚坐在浴室裏，聽長長的「電視評論」，三次打瞌睡、睡著，下巴磕在浴缸的邊緣，又慌張地抬起頭，四處張望，尤其忍不住伸長脖子，向電視框裏打量，彷佛有人會看到它，洗澡洗到打瞌睡，可真不好意思。想想臉都紅了，鱷魚嘟起嘴巴，緊張拿起玩具鱷魚，貼在臉頰摩擦。眞苦惱，到底怎麼樣才能治好臉紅和嘟嘴的毛病呢？想到最近，自己一躍成爲全國性矚目的人物，不應該再如此。全國人都隨時在對它說著：

嗨，親愛的鱷魚，你好嗎？

5

九月，在和平東路住不到兩個月，表兄弟因必須準備考試，暗示我另覓他處，把房間讓出來。我很快地找到汀州路一家頂樓加蓋的房間，空曠的頂樓，除了簡陋的廁所、洗手台和老舊樓房的水塔外，另有一間窄小的房間，住著臉型奇怪的女室友。約二十五、六歲，在工廠上班，關於她的印象就是，履次向我借錢不還，喜歡敲我窗門打探關於大學生活及戀愛史的私事。並且夜半三更，有個沒錢就過來同居的男友，常裸著身叼根煙，拖著她在地上打，用鞭或鞋，直拖到外邊的廣場。但她對我提及男友時，仍滿臉幸福，說是唯有他不嫌她。

頂樓的住處，不到入夜之前，熱如烤箱。大約十點左右，回到住處，把門鎖死，唯恐那對男女，在月黑風高時，會像地獄派來的招魂者拖拉著死靈闖進我房裏。於是連與陌生人同住在屋簷下的感覺，也乾淨地消失，這兒，成了我實踐純粹孤獨的墓所。

白日，鬧鐘一響，就跳起來到社團「上班」。臉沒洗、牙沒刷，必須飛也似騎車趕到學校，若不是與幹部有約，公文趕送課外組，就是必須準備中午開會資料，甚至連畫海報、寄通知、整理檔案、添購雜物之類瑣事都可能是當務之急，但總是來不及居多。像要把一個無聊的遊戲煞有介事地玩起來，認眞地眞像有那麼一回事，編一套嚴肅的理論說服自己，說未來踏入社會工作就像這樣，旣然選擇下來，就得向上把它玩複雜、熱鬧起來，否則熱情往下掉一點，就會被煩雜、無意義的義務感呑掉。

幾乎是完全把系上的功課放掉，體育老師要將我殺千刀，軍訓教官四處找我去「坐沙發」的消息，嗡嗡傳到耳邊。把臉埋在沙堆裏，準備被½，甚至⅔砍頭。關於一個正常人，所該有的生活制度、未來藍圖和懷著希望推進的機能，我已自己放棄自己，只剩陀螺般釘一根鐵軸，在地上的定點自旋的自動性，雖是自動，其實是無目的、去意義性。熱烈地忙著社團事務，直到十點活動中心關門才回家，就是以這個當鐵軸，愈來愈高速旋轉，千萬不能停。回到家，習慣用啤酒灌醉，消滅時間，直接接到隔日鬧鐘聲。

楚狂。看出我包藏在精力過度旺盛下的虛朽。他大我三歲，隔壁社團的社長，兩人隔一張桌子，在同一社團辦公室工作。他額上的髮禿光，後腦和腦頂的中央部分，也連成一片光滑，體型屬肥胖，下半身卻成倒三角形瘦削。他常穿一件紫色或綠色的緊身牛仔褲，綁金色細腰帶，夜總會名主持人似地出場；要不，就完全相反，被從貧民窟剛挖出來的模樣，綴成衛生紙的T恤，寬大睡褲般的半截及膝褲，露出毛茸茸兩條腿，拖著瘀紫眼袋，用墨鏡遮住。

常常，到了晚上八、九點，只剩我們兩個在「社辦」裏。或許平日兩人的表演，都是誇張作秀型，到了沒對象需作秀時，偶爾抬起頭，對看一眼，嘴裏鼓脹笑味，相互了然的意思，有默契地低頭，繼續做事。逐漸累積蝙蝠伙伴的好感。

「喂，在幹嘛？」我摺了三十份會員開會通知，摺酸了問。

「在畫版面草圖。」他的社管一份周報的出刊。他低著頭。

「嗨，又在幹嘛？」我在玩聲音，百無聊賴。隔一會兒又問。

「在畫插圖。」他頭低得更低，鼻尖幾乎要碰到紙面。

「哈囉，現在還在幹些什麼？」看他無動於衷，更覺得好玩。

「小鬼！」他奮力摔下筆，摘掉眼鏡，站起身，撐大兩隻眼作凶惡狀，過來用一隻大手掌捏住我的下顎，「不要命了，敢吵我？」

把他當一座人形山，爬到背上嬉戲。維持短小機智，漫畫的對話。關在同一個空間對看久了，累積豐富觀察對方的資料，對方成了可供任意想像投影的屏幕。相互走到屏幕後面，直接而固定指向的交談，反成爲禁忌般。兩個人都是陶醉於搬皮影戲的趣味，勝於認識眞實人物的。

「你今天看起來很衰哦。」透過中間桌子的人，中午傳來紙條。

「你可愛的緊身褲破一個洞。少管閒事。」一邊跟一個學長說話。傳紙條。

「兩眼浮腫，不是挖過眼球，就是掉到水溝再偷爬起？」另一張紙條。

「沒有眼珠和根本躺在水溝裏的人閉嘴啦。」偷朝他瞪一眼。繼續說。

「再這麼使勁兒般地在水溝爬進爬出，又拚命紅著眼大笑，會早死哦。」這次紙揉成一團丟過來。他身邊圍一羣人在講公事。偷空兩人互相齜牙咧嘴。

校慶。一整天在馬戲團欄裏又叫又跳。黃昏，人快散盡，爬上活動中心二樓，正想把筋骨掛上竹竿。社辦外圍一圈人，猴般想盡辦法向裏面探望。門口坐著楚狂的副社長，他疲倦地張大腿，叫大家走開，裏面有人狀況不太好，把自己鎖在裏面。我衝上前，猛拍門。

「楚狂，開門讓我進去，我跟你說說話。」這樣的話，不知是從哪兒翻上來的，像在某處情感的油頁岩礦。裏面有影子的開鎖聲，副社長驚奇注視我。我閃進狹窄的門縫，旋即再鎖上門。

「發生了什麼事了？」我摸索了一張椅子，搬到他桌旁，盤腿坐著，輕聲問。社辦裏窗簾拉上，祕密電影放映的暗室，他的禿頭微微反射光暈。

「小妹……去幫我買酒好嗎？聽我說話……」他臉埋在大手裏，垂頭在桌上。有氣無力的聲音，軟囊袋擠出哀求的語調。

「怎麼會想跟我說的？」我看一眼背後氣窗射進來的霞光。溶解哀愁。

「夢生……因爲你也認識夢生，他把我們連接起來……」我聽到。去買回一打啤酒加兩包煙，順便拎些滷味。打發走副社長和張望的人圈，嘉年華人蛹仍在前滾動。練習鋼琴的樂聲，斷續攪雜進空氣流。

「下午夢生來過……找你的……就是剛剛和他痛快地幹了一架……」

「你跟夢生有仇嗎？」

「何止有仇？我還想吃他的肉、啃他的骨呢……」楚狂終於抬起頭，鼻孔流出的血跡乾到眼眶邊，下排牙齒被打掉一顆，他一口氣喝下一瓶啤酒。「你能想像愛人之間互相打成這樣嗎？嘿，多精采啊，他一進來被我看到了，說是要找你的，我怒火一上攻，抓起桌上的長鐵尺，往他身上就砍就削，他也不差，鬼叫著抓起鐵椅朝我摔打過來，兩人像在跳恰恰……唉，眞懷念他幹架的俐落身手和流汗的味道。」他得意地笑了。

「一見面就幹架。這是相愛還是報仇的方式？」

「夏宇不是有一首詩叫〈甜蜜的復仇〉嗎？我只是舉你可能聽到的詩。就像這個名字，因爲相愛所以要報仇，因爲報仇所以會幹架，因爲幹架所以是相愛。三件事融在一起的。當愛欲的挫折強勁到某個點，還沒把投擲這愛欲的固著性拔開或銷毀，既沒抽出成虛無的洞窟，又沒昇騰到輕的氣層上，反而是更絕望致命地黏住愛欲的對象，那時，愛欲統統會轉而附身在破壞的慾望上。光朝自己破壞，愛欲只是轉，沒有出路，這最可怕，哪一天會突然發作起來，拿剪刀把自己戳爛，這就是我跟夢生分手前幹的事。之後，我學會把剪刀口向著他，分一部分破壞給他，沒藥救，還是渴望跟他相關，愛的倉庫燒光了，只剩火把能丟給他，造成溝通囉。」

「夢生曾跟我提他救過一個男的一命，是不是就是你？」

「嘻嘻，他跟你提過這啊？那有沒有描述他跟這個男的做愛的事給你聽？」講到這裏，他縮了下肩，像說錯話似地不好意思。

「我可不要做你們狗咬狗，中間摩牙的破毯子哦。想說就自己說，我既沒想探人隱私，也不會吞了你餿味的歷史後，就肚子腐爛或嘔吐，你說任何話，只要像你腦裏的汁一樣自然流出就好了。那我就會說，哦，原來你是這樣的人！」我因他的繁文縟節想塗墨在他臉上。

「照理說，對一個女孩說這種事挺下流的。」

「覺得自己會下流，就不要說啊，我可懶得當你的新聞局。」

「嗯，小妹，你很特別，就是這兩個字。從來沒一個人，在我跟他說這方面的事後，沒臉色大變或坐立難安的，大部分都自動躲開我了，只有一兩個像臉上長刺般地，與我維持極勉強的聯絡，我常偷笑他們何苦逞能，那麼痛苦地逼自己作慈善布施。更何況你是女孩子，但你聽我講到這裏，彷彿是聽我講腳底長雞眼一樣……」

「你愛夢生幾年了？」

「前後加起來四年囉。這是算我的部分，他哦，在這五年裏斷斷續續加起來。再扣除對女孩子的渴望拿我當替代品的，看有沒有愛我超過半年？他啊，每個細胞都藏一粒壞心，不折不扣的『壞痞子』。」

「楚狂，你聽我說。在我面前，我只希望你自然做你，我知道很難。我的腳底也有雞眼，但眼前還沒準備好對人說，可以嗎？」

不知不覺，接近十點。活動中心外，全校大舞會正熱烈，重金屬音樂和四射的鐳射光，還有醺醉的學生們，放肆地哀歌慾望……

6

這兒講的，全都是大二上學期的斷片。從一九八八年七月到一九八九年二月，之間。野豬開柵欄，回到平原後，是不是成爲一條腦震盪的豬？把蹄頂在豬腦上，在雨林中跳著豬也會晃腦的吉魯巴。還是高高興興地在河裏洗個澡，靠著河岸說：「好在我忘掉我衝開柵欄啦！」，失憶症太嚴重，以致於努力要回想起前一秒到底說什麼話，螞蟻爬滿牠在水面上的半身，淑女地一起咬下牠的半面皮。

不要水伶呢？她成了女媧，捲進我遺忘的法螺號。深泅進海底的珊瑚礁，那裏有著各式的孔洞，累攢成長過程中，結蕾的粉紅肉鬚，到骨的濕黑髓仁，萬一在意識深海，探錯孔洞，女媧將從法螺號裏跳出來，煉我酒精硬化的腦袋，補慾望精卵撕嚙的渴死薄膜。

冬夜。結束讀書小組關於佛洛依德的報告，和吞吞一起走出聚會的地下室。熄燈，併騎在冷風颼颼的暗黑校園。吞吞說，不知道該怎麼對你說，可我有麻煩，並不完全清楚麻煩是什麼，可我只有你一個能說說或許會有點用的人。聲音輕輕顫顫，像風吹在缺角的楓葉上，仍然努、力、微、笑，就是這麼一個可愛到使我慚愧的女孩。至柔呢？我搶一步對呑呑的人生害怕，冷漠發問。快到校門口了，來不及說詳細，她也捲在麻煩的一部分裏，她說。嚴重嗎？還能正常作息嗎？幾乎是每個禮拜的此刻，都伴著我這般熄燈出地下室的一個水銀般剔透的小孩，多久了，怎麼我都沒穿透進她的努、力、微、笑底下，漂白水般疼愛小孩的感情噴薄而出。總是沒想到自己會如此大量積存。

沒關係，應該還好，不要擔心，呑呑透支信心地安慰我。只是大概碰到「荒謬的牆」吧？一個月了，自己也摸不清楚它的邊緣在哪裏，老是睡不著，想著極爲恐怖的事，突然變得害怕很多東西。沒辦法出門，上課或做很多事，唯一快樂的時候，就是週五可以到這裏看到你哦，晚上一個人會很受不了。由於疼愛，我吹著口哨。說今天是我從前情人的生日哦，分別後收到一封長信三封短信，還不敢拆。口哨轉啊轉，雖是小孩的麻煩，卻如腳踏車碎玻璃，突然軟弱起來，不能言語。

7

鱷魚是個勤勞的工作者。正確地說，是勤勞到曬乾一塊錢郵票貼滿浴缸的那種勤勞。它原本在聖瑪莉麵包店，做著收銀台旁邊包紮顧客麵包的工作。下了班後散步到對街的禮品店選購精美的包裝紙和特別的繩結，這可是它最享受的娛樂。它還十分義勇地畫了張鱷魚圖案，塞進店長辦公室的門縫裏，建議把包紮塑膠袋和紙盒換成鱷魚圖案。

「聽說鱷魚除了正餐吃罐頭外，還吃麵包作副食呢。」顧客A說。

「這條消息這麼小，沒想到你也瞧見啦，好像是在婦女雜誌裏吧。」排在A後面的B，手裏已經捧著插滿長形麵包的紙盒，還又挑一竹籃的麵包。

「怎麼大家都知道?另外一本食譜雜誌說得更詳細，鱷魚只吃沒加糖的麵包，連鹹麵包都不吃的咧，眞鈍啊。」C排在B後面。

「可是鱷魚最喜歡吃的麵包卻是泡芙，這怎麼說咧?」鱷魚邊替他們裝麵包邊漫不經心地說。

「你怎麼知道的？」三個顧客加上收銀小姐，四張嘴一起發問。A是驚訝、B是佩服、C是氣憤，收銀小姐則是嫉妒它的豐富常識。

那天下班，鱷魚就不敢再去聖瑪莉上班了，乃至於不敢再踏進任何一家麵包店。即使在很想念泡芙時，也只能花五十塊錢，請麵包店門口的小孩進去買三十塊錢的泡芙，錢太少還請不動哩。

它辭職，連當面對店長說一聲也沒。因爲鱷魚想店長一定早已看出它是鱷魚，一定是他把關於麵包的消息賣給小雜誌社。證據是：雜誌的消息竟然漏去泡芙而改以無糖麵包類，這不正是在店裏表現出的模樣嗎？店長在時，只挑便宜的無糖麵包吃，以免薪水被扣光，等他溜班，再偷吃盒裝的各色泡芙。

想到店長，皮膚都彷彿要嚇綠了。鱷魚放心走路，小口珍惜般咬著三十塊大泡芙，不時滿足又膽小地伸伸舌頭。門上貼一張廣告貼紙——

最近消息：鱷魚的最愛是泡芙。泡芙麵包店新開張。

媽呀！我沒辦法不吃泡芙啊！

第四手記

吞吞。自從上個學期跟我說關於「荒謬的牆」後。消失了。

至柔。自從迎新的攤位上見面後，並沒有加入社團，她說是功課太忙。其實不是，我知道她在鬼混。偶爾會飄進社辦，趁人最多的中午，坐在最角落，茫然地看著我，什麼話也沒說。我嚷著嗓子問她到底在幹什麼，她一概微笑以對，急得我音量愈高。一會兒，她背起背包又飄走了。像幽靈。偶爾和偶爾之間，她的微笑是愈來愈厚的雪，散發出愈來愈成熟的女性氣質，我一嗅就知，那是「墮落的美感」。

就是喜歡她們兩個。並且，知道她們也喜歡我。是任何與愛欲無關的喜歡。若以喜歡的層次而言，她們兩個可能是我在這個世界所曾使用過喜歡的動詞，最喜歡的人。個別是喜歡，當成一對保存更喜歡，像是狂熱的收藏家，收集的衆多瓷娃娃中最昂貴的一對。

在大學裏，大概除了建立起密切聯繫如彈簧鍵般的關係外，認識的任何人，都是以瞬乎出現瞬乎消失的方式存在的，什麼人都不會固定在什麼地方出現。人與人的關係像星雲與星雲。

她們這一對瓷娃娃，在我二十歲那一年，雖只是突然切入我的軌道後，又迅即脫出中心，作星雲式的浮沉。卻對我代表很重要的東西。是什麼呢？很簡單，是美好。

她們帶給我的意義，可以濃縮進一幅圖裏，供我隨身攜帶。校慶那天早上，社團擺個攤位，賣些飲料零食的，騙些社團經費，我坐在那裏喳呼地鬼叫著，其他人也跳草裙舞般忙成一團。吞吞和至柔不知從哪個角落冒出來，至柔肩上揹著一把吉他，兩個人的頭髮都長長了。吞吞穿一件寬大泛白得使人有懷舊感，繫著吊帶的老爺褲，至柔穿的是正式得引我發笑的軍訓裙，說是系上今天的晚會要表演，白襯衫加在上面，使正式感滑成嫵媚了。兩人嬉鬧著，說要在我攤位上駐唱，幫我招攬生意。接著就側坐在桌上，專心調弦，吞吞翻樂譜，準備好後，兩個人微笑著對看一眼後，快樂又滿足地合唱起來，第一首叫Cherry Come to……一個灑脫地拍擊吉他，發出節奏聲，另一個優美地款擺著身體，Oh, Cherry Come to……，雨輕輕地飄落，被吸進滿足裏，兩人互相拂去臉上雨珠，天空飄下的彷彿是花絮。生命如此的美好，我早已不知道落在哪個轉彎處了，卻代以剽竊來Cherry Come to……的流水聲，流穿夢中。

佛洛依德的讀書小組結束，那個禮拜五晚上十點。我獨自熄燈，爬出全黑的地下室，被一股衝上來的自憐感催迫，摸索到一隻公共電話，投下一塊錢，給吞吞。已經整整一個月沒見到她的蹤影，像親人般想念她。

「吞吞嗎？我是拉子。還好嗎？」

「聽到你的聲音眞好。對不起，今天沒力氣出門。」

說不出什麼擔心或想念的話，現實裏的關係還禁不住如此厚重的表達，但兩個人在如此深的黑夜裏，憑一塊錢，溫暖地彼此觸及。那一瞬間，像全世界的塵埃都落地。安靜。

「我去看看你好不好？」

「現在？」

「就是現在。」

「好啊，你來啊，誰怕誰！」

十九歲零十一個月的我，投的那一塊錢，意義非凡。像嬰兒在地上爬，學會站起來所走的第一步。叫需要人。當時模模糊糊，誤以爲自己只是濫情地想去探望一個小孩的病情，多耍一次強者的龍套。其實不是，那是個重要的轉折點。長期因不可見人的難堪內在，在被拒絕之前把全世界的人類都拒絕在外，逃開所有人與人深入的關係，連愛我的人都被我如「盲人墜海」般瘋狂踩扁。毀容的人受不了自己的醜，把身邊的鏡子都打碎。呑呑卻是我第一個主動敲門的人，自憐感願意被這面鏡子照出來。

「要不要吃點什麼？」呑呑問。

「肚子眞的很餓，有什麼可吃的？」

「牛奶、麵包、水果啦，什麼都有。對了，我下麵給你吃好不好？」

「太好了，我願意。不過，如果需要我幫忙，就省下吧。」

「怎麼會有這種惡客人，連假裝客氣一下都不會？」

深夜十一點，呑呑爲我打開大門，全家人都入睡了。她接待我，彷彿在唱一首輕快小曲，格外使我自在舒服。

「你曾經碰過『荒謬的牆』嗎？」端麵給我吃。在我對面坐下。

「有啊，很早，十六、七歲的時候，只是那時候甚至不知道那叫『荒謬的牆。』」麵顯得格外地香，我開始狼吞虎嚥起來。

「那是什麼狀況啊？我可以知道嗎？」

「沒問題。」我作了OK手勢，「只要你簽下本人欠拉子一百碗麵的契約即可。」白白的寬麵淋了香噴噴的牛肉湯，還有軟Q大塊的牛肉。

「喂，牛肉可是我老爸燉的！那我們父女倆豈不成了牛肉奴隸和拉麵工人了嗎？」吞吞故作考慮狀之後抗議。

「如何生產出牛肉麵，我可管不著哦！」接著嚴肅地說，「那時候，好像是在一夜之間，世界整個改變，到底是哪些地方發生變動，當時的我也不是很清楚。只是突然被丟到一個全然陌生的地方，身邊的一個個撤退到心中不知何處，大聲尖叫也沒人會聽到的樣子，我事先一點都不知道，每天等著過去的世界轉過來，把你從這樣默默下陷裏撈起來。每天早晨醒過來，睜開眼睛看到太陽就流淚，知道今天又是這樣，等不到的，變成這樣已經是鐵的事實。」

「這樣的情況你是如何結束它的？」

「也許『踢到荒謬的牆』那種感覺算是退去了。但那只是開始而已，拉開序幕後，我和世界的關係就愈來愈惡劣了。事實上，沒有一刻停止吵架過。荒謬？還算最輕微的呢！你一直都呼吸著稀薄的空氣，久了，就會強迫自己適應，否則一想到會窒息得更快。如果碰到更強勁的情緒，眼前的荒謬感就會自然結束了。」

「那不是像一對住在一起不斷吵架的夫妻，只要其中有一個拿出菜刀或手槍之類的，吵架就會停止一樣？」她笑得像隨意伸手捕到蚊子般。

「好像眞的是這樣，起碼我就是。那你的如何？」

「還沒有到一夜之間世界整個改變的地步。但默默下陷的感覺是一樣的，也一樣不知道爲什麼會變成這樣，突如其來的擋在前面，所以叫『荒謬的牆』。眞正說起來，像車子突然拋錨，被丟進廢棄車場一樣。從小到大，我好像做什麼事都游刃有餘，大概是爸爸媽媽都讓我很自由的關係吧，所以也不會特別想考第一名、長得漂亮或受人歡迎，但自然而然就會考第一名，周圍的人很容易就喜歡我，長得嘛也算愈來愈可以，就是游刃有餘使我稱得上一個『快樂的小孩』。除了長青春痘和月經剛來時特別苦惱過外，討厭的東西一下就過去了。國中的時候，用向日葵來形容最恰當不過，那時候生活很規律，每天回家都會先寫完作業，功課很簡單，上課聽聽就足以應付考試了，所以剩下的時間都是自己的。喜歡讀《一〇〇一個爲什麼》這類科學叢書，自己釘家具和油漆，我房間的顏色是我自己那時候漆的呢！做什麼事好像都會很快樂。高中就有一點苦悶了，覺得大家怎麼都只管念書？我反而特別想把自己放鬆，不想再規律地寫作業，所以老幹活動股長，組排球隊、練籃球啦，辦和男校的聯誼，資優生到中研院受訓玩啦，戲劇比賽的時候也導了一場轟轟烈烈的戲，去中研院的時候還認識一個男孩子追我到現在。雖然成績在班上算中等，跟她們成長的氣氛也完全不同，但還是過得滿起勁的。記得那時候，晚上常要求我哥帶我一起去騎自行車，夜滿涼的，他騎他的，我騎我的，兩人很少說話，我就專注地一下接一下踩著，繞一圈然後騎回家，高中就像這樣，很喜歡這種感覺……」她說著說著又笑了。

「聽起來好像沒理由變成現在這樣啊，有沒有什麼線索？」

「也許是大學生活型態的關係吧？眞可怕，可能從前的生活積了一些細菌，太微小要用放大鏡才看得到，所以一直積在地毯底下，長期下來，量也相當驚人。大學這種生活型態，平常沒有人會來逼你做任何事，除非你逼自己，所以如果壓在地毯底下有什麼帳要算的，這種鬆弛的狀態，是最適合從吸塵器裏結塊彈出來的時機，一下之間，對於『癱瘓』半點防禦力都沒有。整個人都被拖進吸塵器裏攪，很想伸手抓住什麼把你拉上來。我第一個覺得可以抓的就是至柔，每天都很想她一直陪在我身邊，甚至要求她晚上都睡在我家，晚上一個人在房間裏很可怕，從來沒那種感覺過，尤其是晚上，時間很沈重，每一秒都像是獨立會奔走的無限，像用玻璃劃破一刀才向前移一格，難以忍受。有個活生生的人在就會好很多。但是她也正爲著吃重的功課在煩，很不適應大學生活，我又說不出來到底怎麼回事，她不相信我很糟。我愈來愈沒辦法跟她說話，只是很任性地要求她做超過她所能做的，放開一切來陪我，我說這種時候只有她能讓我這麼要求。可是關係愈來愈糟，她原本就很容易悲觀、毫無快樂，從前都是我逗她的，我罷工了以後，她更是面無表情，也不曉得怎麼安慰我。我看到她那樣的臉，更覺得難受得想大哭，只能忍住，一句話也說不出口。一段時間下來，這沈默實在傷她很深，我『下陷』的狀況也把她拖累了。一個晚上，我叫她笑一笑好不好，說我受不了她面無表情的臉，她站起來面無表情地走了，說她做不到，不要再看到我……」呑呑一直注視著我說，眼神晶亮地放光。

「眞傻，白白互相傷害，會遺憾的！會再去找她嗎？」

「實在很害怕再看到她面無表情的臉。」呑呑雙掌對空抓一下，顯示難受的表情，眼睛閉上三秒，「一看到喉嚨就堵住一樣。我知道自己不對，可是太需要別人在我身邊，又沒有力氣把她找回來。有一次，從我家走路到她家，走半個小時邊走邊想跟她道歉的話，連笑話都想好了。走到她們家門口按電鈴，她只派她妹妹下來，要我回去。當場我就腿軟，在她們家門前坐下，不知道該怎麼辦，如何移動回家去。隔了整整一個暑假後，在學校碰到已經自動兩人都別過頭去，不打招呼。每次碰到了努力要自己別跑開，腿就不由自主，然後那一天就完蛋了。現在白天已經很少想到她了，練習的結果，但夢裏還是很常出現，夢到我說『我們不要再吵架了』，可是她不說一句話，跑開，把我丟在那裏。」她茫然注視我，我能感受到她夢醒的悲傷。

「我可以深切地感覺到她並不怪我，從她在夢裏的眼神，只是哀怨。好像從這種裂痕中，她體會到無可挽回的東西，像箭射穿紅心，重點不是什麼箭，而是射、穿、紅、心的動作發生了。」

我點點頭，彷彿也可以看到至柔在呑呑夢中哀怨的眼神。又搖搖頭，想奮力說出「不可以這樣」，也彷彿是要對自己說，但是話塊太大怎麼衝也衝不出口，只要輕輕說「會後悔」，在激動中鬆軟下來。

2

如果有所謂關於人種的百科全書，鱷魚的學名可能是「善於暗戀他人的呼拉圈（或防盜鈴之類）」，理想上百科全書的編者應善用比喻，當然這只是對未來人類的期許。呼拉圈（或防盜鈴之類）的注釋是：機能啓動之後會發出自鳴式的響聲。

鱷魚從小到大暗戀過的對象，集合起來大概有一卡車那麼多的人吧，鱷魚像是快樂運豬的卡車司機。從同班同學朝夕相處的人到有口臭的漫畫店老闆、玩具部小姐或晚上穿著汗衫收垃圾的「伊喲」年輕人，光是牙醫師就有三個，同班同學的種類算最多，有擦黑板、抬便當時看上的，還有一個是對方午睡流口水時發作的，族繁不及備載。鱷魚在它暗戀的卡車開過這些人身邊時，一一根據精緻獨特的品味，把他們收集到車上。

鱷魚有一口大木箱子，媽媽級的女子出嫁時的嫁妝箱吧。箱子裏以木板隔成像蜂窩的矩陣，每個格子前都貼著目錄卡般的紙片，註明暗戀者的認識時間、機緣、名稱和特徵，格子裏放著暗戀此人的時期所寫給他或她的情書。鱷魚下班回到家，脫下汗水黏漓的人裝後，哪兒也不敢去，經常躲進房間（說躲，是彷彿客廳電視裏的人會衝進來，發現它藏許多人般的犯法感），打開木箱子，快速地回憶著對他們每個人所投注的特別愛情，感傷一番，用衛生紙擤擤鼻涕。抽出一張想念起的卡片，再寫一封假想對方回信後的情書續集。

安部公房。這個名字射進鱷魚房間的窗簾之後。暗戀的作業有點改觀。鱷魚決定從此把暗戀對象統統叫做安部公房某號，依序編目下去。大概是讀了此人的「他人之臉」後，五花八門產生暗戀他人的根源，在裏面都編齊的緣故。此書也啓發它終究必須付、諸、行、動。

鱷魚先生：收到你稱呼我爲安部公房1號的暗戀錄音帶，感謝得陰毛都要掉光。本人非常害怕加入你那黑箱子合唱團，被暗戀原本是幸福的，但難道你没有自知之明，只要是由你拿起指揮棒，我們這些安部公房的合聲，悲傷都眞雄壯。特借報紙一角與你畫清界線。

3

四月一日吧，愚人節。夢生終於露臉，我一直在等他來找我。

汀州路的頂樓房間，他直接爬上五樓，從樓梯間的天窗攀過圍在頂樓四周的鐵絲網，直接進頂樓裏，敲我房間的門。晚上十一點，這是他考進同一所大學哲學系後接近一年的時刻。他手被鐵絲網割破。

「快點，跟我走。四月一日快過了，十二點不趕到，就看不到楚狂了。你知道我跟楚狂的關係吧?陪我去看他,否則單獨見面,兩人其中必有一人非死即傷。」他用一隻手抹另一隻手的血成片狀,冷笑著拖出一聲「拜託!」

幾乎是每隔半年,夢生就會突然出現。他的出現方式像是在大馬路上走著走著,冷不防讓人從背後抽走脊髓。自從他開始出現,就在我身上某處安裝一個等待的裝置,大概是在性格(或如果有所謂「自我」這種東西。)泥土下的部位,看不見的鬚狀毛細根。等待他的出現,毛細根得以一次汲飽專屬它的養料。

夢生載著我先飛馳到楚狂住的宿舍,發現他不在後又立刻以高速騎到中山北路,沿著酒店林立那一帶路邊,仔細尋找。在一張行人椅底下找到楚狂,他張開大腿躺在馬路邊的紅磚地上。穿著白色牛仔褲,牛仔襯衫,像剛被丟進油漆桶裏的白色胖子,醉醺醺對我們嘻嘻笑。

「喂,今年我可沒遲到哦,還差六分十二點!」夢生嚷著。

夢生抓著楚狂回到楚狂的寢室,說有些事想說給我聽,嚴肅地請我一起去。他面露兇光對楚狂的兩個室友說句「出去」,每人各遞一張千元大鈔,兩個人含怨走出去,彷彿接收到小刀捅過來的訊息,一切乾淨俐落。他具有的氣魄,是像空手道一掌劈破木頭的東西，很容易辨認。

我瀏覽寢室最內側加釘的一堵通天書架，木頭書格間工整地貼著分類標籤，中間巧妙地開著窗戶的洞，百分之八十是英文書籍，之中又有兩大格的英文小說和詩。全都寫著楚狂的名字。寢室雖然有四張床，楚狂卻佔了內側的兩張，用三層咖啡色立式書架隔在寢室中間，他獨佔半間寢室。除了有棉被的另一張床上，鋪著滿滿的錄音帶和CD片，另一張書桌則擺放全套包括卡座和CD盤的音響，左右兩邊各立了閃著銀輝的中型喇叭，桌底下還橫放三格的木頭書架，豎著古舊的唱片，外面釘著塑膠防灰塵。使用的書桌上排列的是磚塊般的醫學教科書，又散放幾本拜倫、濟慈、葉慈之類的英詩小集。除了書、音樂用品擠滿半個房間外，幾乎什麼其他日用品也沒。

夢生沖杯綠茶回來，灌進楚狂的嘴裏。搖晃楚狂的身體，起初輕輕撫摸他的臉頰，像開玩笑似打一巴掌，之後半跪著身子，捲起袖口，節奏性地揮開臂輻，用力抽打。楚狂更歇斯底里地嘻嘻笑，緊抓住夢生的脖子，以額頭猛撞他的額頭，像摩擦石頭起火，愈撞愈起勁，直到夢生奮力推開他，獨自坐到椅子上抽煙。楚狂狂憤地哭瀉，淚水撐破胸隘。聽一個大哥級的人如此哭號，淚水宛如海底破了洞般衝奔，平生第一次也難以忘懷，他的悲痛似乎是無愧天地那種，是盡了壯漢體內所能忍受的一分一毫能耐，之後仍不能汲乾的悲痛之海本身，藉著他的淚腺和聲帶自然現形，於是聲音裏盡是理直氣壯。不是當場受到他體內悲痛之海震撼的人，絕對切不中那刻間獨特的感動，我的眼淚不聽使喚靜靜地流出來，夢生的一隻眼眶也漲滿淚水。我內心反而出奇地平靜，夢生冷冷地擦擠眼眶，我們倆都不是悲傷或同情，眼淚本身似乎也有獨立的生命，接收到類似海豚召喚同伴的密話，要流歸發源地般的盲目性，三個人被奇異地捆在同種共振裏，那是不可言喻生命深沈點的體驗。

「我們都盡了力，不是嗎？」夢生對我說。像撬開冰窖的一個洞，流出暖氣。

「這正是我想說的！」我說。並且也感覺到三個人都在想這句話。在那一瞬間達到人與人之間高度的共感，彷彿靈魂金鐘罩門的地方被超強的精神力打通，靈魂和靈魂回復到原始狀態，不經任何媒介得以自由流通。那樣的狀態，人與人間沒有牙籤的狹隙。奇觀。

「今天到底是什麼日子？」我問。擦乾流得很舒服的眼淚。

「我和楚狂認識在四年前的四月一日。三年前他考上大學，我就把他甩了。之後還是常來找他，愈來愈少。分開時他叫我起碼每年的四月一日去看他，哪一年不來或忘記了，他就會死。」

「是威脅嗎？眞命如此？」我有些懷疑。

「不是。」夢生揉著眼睛搖搖頭。「你可能不能體會，我之於他就像他生命的剩餘價值一樣。不能說成他是爲另一個人活著。沒那麼簡單。他從小到大所揹負的傷害與悲傷，早在他十八歲碰到我那個點就滿了，那時他就決定要放棄他的生命。是我拉住他的。」他回頭看一眼哭累了暫時趴在旁邊的楚狂，輕撫鼻子。「說來十分戲劇化，我跟他原本完全不認識，更沒見過面。那是我復學後剛進高一不久的事，楚狂讀高三，四月一日傍晚放學走出校門，他走過我旁邊。一下之間，這個陌生男子的臉像放大一樣跳進來，一張我所表現不出卻集合我內在全數的感受，熔鑄成的表情。灰敗如爛葉，紋路一條條栩栩如生刻劃著悲傷的地圖，唉，是受難者自棄的標幟。我一直跟蹤在他後面，走到站牌，上公車，到火車站換火車，到基隆又搭客運，連坐在旁邊也沒被發現，他低著頭被裹在與任何東西完全隔絕的厚空氣裏，最後下車走到一個無名也無人的海邊。這一路，我完全不是意識清楚地跟蹤，比較接近夢遊，像被與此人共有的磁場吸走，參加一場儀式。離海水還有一段距離的地方，一塊石頭絆住我使身體振了一下，突然清醒過來，腦裏出現提示，於是我追上十公尺前的他，扯住他的胳臂說『不要去死』。於是一切又重新輪迴。」他咧嘴一笑，摸摸楚狂的頭髮。

「說那句話其實很愚蠢。之於別人的生命我根本沒有權力那樣說，尤其後來知道這個人如泥漿的內容物之後，更討厭自己到底憑什麼使用意志干擾別人的意志。我這方扯住人家手臂的意志是沒經過任何思考偶發的，而他那方是活生生承受那些內容物之後，集中全力下定決心的行動意志。我的意志要一個他人再活下去看看，但在那活的身體之中的可不是我，到底是什麼無聊的關聯性，使我不假思索地說出那句話？我想過的，雖然懊惱，但再重來一次，恐怕還是這麼做。」夢生把頭低到腿間，抓扯頭髮。楚狂已坐起身，哀憐地注視他。

「夢生。我相信無論如何。只要之於死，你仍然沒有翻過去那邊，躺在死的事實裏。就表示你體內還有某些東西在反抗死亡。所以那時說那句話的你，只是不習慣死亡罷了，想要阻止它在你的世界裏駐紮。那是每個活人的天性。沒有特別的錯！」我說。

「反抗死亡。真的是這樣吧，就像出生就配備的能源裝置。所以不管頭腦再怎麼厭惡活著這回事，身體總頑強地死不掉。連別人要死都不行，還要把他拖回家哩，可笑！」夢生自嘲地說。

「然後呢？」我想知道後來怎麼會變成這樣。

「換我來說吧。」楚狂紅腫著眼睛，聲音極沙啞帶濃重的鼻音說。「當他扯住我的手臂說『不要去死』後，我就像剛剛那樣哭起來。當時雖然我高他兩屆，但在生理發育和對待他人的能力上，他是比我成熟得多。他命令我不要哭，叫輛計程車載我回他家。他反而像個長輩一樣，要我說出所有關於去死背後的內容，他一向有鋼鐵的氣魄，那時又溫柔，在我最軟弱的瞬間嵌進來，我全部的欲望那時可說都吸附到他男性的溫柔裏。小妹，你相信嗎？我就像個失魂的小人兒一樣溶進他的意志裏，彷彿他正是我想當的人，我臣服在他腳下，任他對我予取予求，甚至渴望他取走我的精魂或把我裝進他體內。在他房間裏，他似乎也接收到他對我的這種權力，於是輕易地取走我。我無休止地流著淚，他聽完也流著淚，他體內湧出某種我也感覺得到的欲望之流，很具體又強烈，從我們意識未知的領域，伸出的一隻手。他伸出那隻手輕巧又溫暖地脫掉我的衣褲，我無言地服從，那隻手飽含觸感地愛撫著我的裸體，我也伸出一隻手把他的手拉過來，握住我的陰莖。那股欲望之流到底從何而生，探究也沒用，當時它可能就是殘存的『生之欲』傾注的具體管道吧。人不就是萬種欲望的孔竅嗎？欲望就是從某個孔竅流出來這種事實，誰也阻擋不了。我們卻要被欲望教育去面對新世界的構成，面對不了就是死！」楚狂由顫抖的聲音漸漸恢復平緩。

「新世界的構成。」我點點頭，能體會它的含意。「有些欲望實現出來後，無論是否能滿足，本身就是挫折。這就牽涉到『新世界』的問題，像被男子握住陰莖的事，突然超出原本對自己世界估量的範圍，更何況是生自體內的渴望，連自己對自己認識的根源都被掘起。既挫折身爲人的根源感，超出估量範圍的回過頭來，把原先的元素攪進新的構成比例中，眼前要行走下去的變成『新世界』。是不是這樣？」

我把楚狂的話加以延伸，他說的話黏到我體內重要的東西。

「小妹，眞的很喜歡你。可是你爲什麼也有這種感覺呢？」楚狂恢復自尊心，似乎對剛剛的哭泣害羞著。我並沒有回答。

「就只是突發性的欲望？沒有愛情？」我繼續問。夢生站在窗前，如枯樹般望著漆黑的夜色。

「之後，確實是愛情。高三那一整年，是我最幸福的一段時間。他常常陪我在郊外的小路上無窮盡地散步，有時候到無人的海濱游泳看夕陽，在炙熱的沙灘上做愛，我念詩或講歌劇給他聽，然後他明目張膽摟著我走回馬路。背德的愛，危險得間不容髮，甜美像高濃縮的蜜汁。但也註定不能久長，慢慢地女人的事就纏進來了。起初他還瞞著我勾引女人，對我漸漸減少熱情，後來被我發現，乾脆明目張膽，大部分餘暇跟女人約會，也直接告訴我他的約會行程，想到要調劑才來找我。我實在太愛他了，忍受著接受他的不公平待遇。有一次，他甚至捉弄螞蟻似地把女人帶到我房間，要我躲在浴室裏看他怎麼搞女人的，那一整夜我爬高從浴室的天窗看他們，站到腿軟從馬桶上摔下來，每個細節都伸進我腦裏虯成盤根錯節的大樹，像浸泡在液體中浮爛腫脹……抓起修髮根的尖嘴剪刀戳自己的大腿、左臂和腹部，沒衝出去，也忍耐著不出聲，對他的愛銅衣鐵甲般封固著破壞性流出。我考上大學後，他跟我說完全分開吧，我不可能滿足他，他還需要女人，對我的愛已經不純粹，更多是憐憫。我還眷戀活著是因爲還有他這麼個人活著，早已放棄他會來愛我或帶給我什麼的希望，也沒覺得是爲了等待把我的愛給他，就是想到他在線的某一邊，就想要跟他同一邊，反正線的兩邊都白茫茫的，夢生就成了我唯一的參考點。」楚狂用手搓搓他的大鼻子，嘴邊的鬍髭冒著汗珠，他的嘴唇厚大，最後一個字停在半空，嘴還微微掀動。他的醜裏自然帶著小丑的怒意。

「楚狂，不知道我這麼說對不對？你要夢生每年起碼來看你一次，而由於生死的兩邊對你都是白茫茫，就乾脆把選擇的責任拋到他身上，這也是報仇的方式之一嗎？」這兩人命運的絞纏性，光聆聽就吸乾我的精力和智能，有股衝動想逃離他倆，關掉展現在我眼前人性糾葛的怖慄景觀，如萬仞峽谷。回到我內心的沙漠，縱然荒涼都比這兒溫馴。

夢生嘻嘻笑，似乎是他對我這個問題的回答。夜半兩點。男生宿舍樓下傳來拖鞋拖地的沙沙聲，伴著窗前大樹肥闊葉片的舞動，夜憂愁的韻致，勾描成形。不知何時，夢生已卸除衣服，裸體在屋內自痴似地繞走，時而學女人扭動臀部，時而刻意晃動陰莖……自己沈醉在孩童的行爲中，超出放浪形骸或下流的意味，更接近淨化渾濁的轉換。痛苦，似乎振臂舉手。

「欸！不會介意吧？咱們三個去性化相處好不好？我說儘量啦……畢竟三個人都被性別這頭箍得變形，每個人多少都會，只差我們是唐三藏鍾愛的弟子。這以後再說。」楚狂羞赧地伸出邀請友誼的手。

「嗯，可以組成『無性化共榮圈』，專營衛浴設備好了！」我心裏高興他這番提議，不用多加說明，彷彿他可以想像到我的歷史手冊。我決定放心，關於自己不要勉強說些什麼，沒說也不要不安，自然想說時就說。對這兩個男子打下地基般的信任。

「剛才那個問題，小妹……」楚狂有點尋求保護地握下我的手，「比選擇跟報仇……位置更深……我不行了……身體和心理在十八歲投海時……就打、死、結了……這三個字是我的精神醫師說的。十八歲後再長的部分……散成一片……互相吵架……間時也鬥嘴（笑）……不過，吵得厲害時，打死結的地方還是會登高一呼的……

我很難整理好自己。……夢生，就像費滋傑羅寫的《大亨小傳》……蓋次壁常在門前的海上……看到、遠方、有一盞小綠燈……他天天看著小綠燈……如果熄了、就沒了……所以說，只是參考點……你懂嗎？」

楚狂嬰兒地微笑，我情不自禁地輕摸他的頭髮。楚狂安心地側頭靠在我坐姿的膝上，夢生也過來靠在楚狂的背部。露水滴在鼻尖。

4

鱷魚生活手册——居家篇：第一頁。

據本社特派調查員跋山涉水走訪全國近百位鱷魚，統計成一份鱷魚的生活樣本列表如下。最近熱門的鱷魚之謎，據激進神學家的預測，若不是將在鱷魚之間出現一位神派遣降世的先知，就是神要讓所有的鱷魚上火刑台。無論哪種可能，鱷魚的生活都值得世人密切注意。學習或唾棄。

愛看的電視節目：來電五〇、綜藝一〇〇、七〇〇俱樂部。

愛聽的樂團：滿屋子謊言、愛說話的頭們、舌頭的家務事。
使用衛浴設備：和成HCG牌（衛生紙是舒潔）。
使用內衣褲：豪門的華歌爾。
常做的家事：編織毛線
默念一遍：信神得救、神愛世人。
鱷魚失業在外閒逛。在車站的公用電話旁，發現一大疊印著「贈閱」的小手册，發行的是「基督之光」。鱷魚好惶恐，怎麼怎麼連基督都注意到它了。它喜孜孜地拿出一枝紅筆，把前面六項都剖直槓掉，在最後一項前頭打個大勾，拉一條紅線到旁邊寫「百分之百正確——基督也可以偶爾犯錯，不要難過哦！」，翻開手册，放在一大疊的上面，作爲校訂後的版本。偷偷鑽進公車裏，露出滿足的酒窩，注視公車照後鏡裏……擴張的……
鄉愁。肥肥的小胖子穿著圓嘟嘟胖外套……辛苦用力攢動小肥手右手的長棒針左手的白毛線團……周圍坐滿滿一教室痲雀吱吱喳喳鈎手線的小女生……小胖子獨個兒專心憨傻在鈎毛線擦汗……（鏡向後拉，景拉高拉深）二樓環坐一圈西裝禮服的高尚男女……高尚女手挽高尚男高尚男手疊放腹前摒息聆聽……音樂會響起交響曲華麗典雅之中小胖子變瘦一圈仍穿胖外套鬆垮垮繼續織毛線……解開裏頭毛線衣織進棒針下拖出一條白長圍巾低頭偷偷嘟噥……(鏡再後拉，景拉出整個建築，之前只是一樓二樓的小部分面積)原是三層圓錐形的競技場羣衆喧騰……中間圓形廣場瘦成一把柴的小胖子孤獨孤獨織出一隻白茸茸的狗……雪落在白毛上。塔柯夫斯基啊……

5

一九八九這年，我在汀州路住第二個學期，二十歲生日即將在此度過。二十歲。也是對人生最絕望的一個波谷。不知道該以什麼方式生存下去。

嚴重地欠缺眞實感。現實裏所進行的事——家人偶爾打電話來、貼在書桌前每週二十幾堂的課程表、滿滿一教室隨鈴聲聚散的陌生學生在聽課考試、坐在社團辦公室桌上對人來人往不斷說話打鬧應酬、與一些人共同讀書辦活動聊天、晚上塡補時間地排滿家教和編劇課程、偶爾認識幾個語言相通的人就縱情高談……這些到底與我有何干係？我參與在其中，攪動它們或被攪動，無論是以什麼方式嵌進去，總是被現實排在外面，身體在勤奮地行動著、嘴巴在漂亮地開合，但我知道一個我在此，不得不塡塞進美麗的時間格子，另一個我在家，爛醉如泥地昏睡。正如毛姆在他的回憶錄裏所說的：「我的人生出奇地沒有眞實感，像一個我看著另一個我在海市蜃樓扮演各式各樣的角色。」我渴望紮進現實裏啊！

五月，社長職位卸任，從梵谷「吃馬鈴薯的人」畫中掉出來。畫中燈光昏暗，四、五個臉部浮腫、眼眶黑窪的人，圍坐在陰森封閉的地窖餐桌旁，分配馬鈴薯……新舊社長交接的會上，吞吞和楚狂都坐在講台下對我微笑，至柔沒來……與水伶分離後，寄生在社團整年，勉強將自己勾掛在現實生活的腰帶上，如今猶如畫中央背對著的人影，掉出來……站在講台致辭，語無倫次，分配馬鈴薯的動作嚙著悲哀……一種長期蔓衍累生的心靈病痛，隔在我和現實生活中間，厚玻璃愈來愈厚，很難衝破……生命如此困頓。

二十歲生日，死吧！死亡的欲望一點一滴侵入我意識的領域。生日前夕，帶著大學兩年的日記，封死在包裹中水伶的信、村上春樹的小說《挪威森林》，以及爸爸的金融卡，搭夜行火車到高雄，途中經過家的那站，當白色發亮的站名映入眼中，眼淚隨車呼嘯疾駛，被風強行掠走。深夜一點多到高雄，搖擺走進大飯店，514房間住下。嶄新的設備，潔淨的床罩，寶藍的地毯，參差有致的白色冰箱、電視、音響、化妝台，加著紙封條的衛浴設備，攤躺在床罩上，仰望這一片整齊的冰冷，拆開一封信——

在你打開這封信的同時，想必在心裏責怪我爲什麼在經過這麼久後，還要寫這封信打擾你平靜的生活，或者厭煩我是不是還在那兒想不清什麼地來糾纏你，孩子氣總長不大。都不是的，請聽我說，我是來告解的，因爲現在的你既已跟我要說的這些，無關到可以輕鬆地聽完而不受任何影響，過去的你又是唯一相關，我可以盡情對他訴說的人。所以你只要打開，把這封信讀完，然後在你探監時，對那個被你監禁起來的人順便提起就可以了。

你走後，洩了一地的愛沒人要，把我獨留在風雨中，懷著滿滿爲你而生的愛，不知道要往哪裏去。也不是没想過隨便跟哪一個現在出現的人走，讓他帶我逃開這裏遠遠的。但總在還没眞正嘗試過，就嫌惡起別人較諸你靈魂的粗糙鄙俗，彷彿讓別人沾染一點我的心，就會弄髒我們的愛，光想到就委屈得好難受。更不可能藉著恨你而阻止逐日膨脹的想念和愛，我努力要恨你，可是没辦法。最後我徹底放棄逃開這裏或尋回你來的願望，更安心地待在你拋下我的地方，幻想一個全新完全符合我的願望的你，我在心裏與這個新的你相愛，走在人羣裏，並不孤單，反而覺得自己像是正在戀愛中的女人一樣，幸福得要恍惚起來。我可憐的愛情，在你走後它才眞正出生，像一個剛落地就只有媽媽照顧的苦命孩子。

對你愈來愈深的愛，不知道該怎麼辦？果然如你所預料的，我來不及明白你對我的意義。我不像你，從一開始就知道是愛，所以知道在能愛的時候儘量去愛，也在不能愛時，準備好不再愛。而我就只是糊里糊塗地被你吸引，一路跟著你認識到那個熱烈的你，如此信任地完全交給你……於是最令我痛苦的是，直到絶情的你把對我的愛監禁起來，我還不明瞭那就是「愛」，不是在否認，而是太在乎自己「愛」的定義，不願隨隨便便說出口，要讓杯子裏自動滿出清甜的水，再去溼潤愛人乾渴的唇。怎知我竟沒有機會給出我的愛！

可否答應我最後一次，如我所想你般地想我一天？最後，讓我再放肆且溫柔地向你說一聲——我愛你。

一九八八年七月二十一日

《挪威森林》：「我失去的可是直子，那樣美麗的身體已經從這個世界上消失了！」悲傷從我石化的心裂開，驚濤駭浪淹沒死的堤岸。

第五手記

1

一九八九年，進入大學時代的第三個學年。經過第一年愛欲掙扎的煉獄生活，斷脫愛欲後的十八個月裏，「盲人進海」式垂直下降的心理風景，直到我進死亡的黑洞，在洞底唯一的聲音是水伶的呼喚。那呼喚在我耳畔忽遠忽近，我在生與死的隧道中衝撞，沿著她的聲音，在混沌之中彷彿有一絲死。

覺得只有水伶才是屬於我的眞實。那一年多裏，在汀州路頂樓的單人房，每到黑夜，我獨自睡在石棺中，清清楚楚地知道世界任何人都沒有關連，除了水伶外。內在的眞實和外在的現實幾乎完全錯開，沒有一條紋路對得起來。她的眼神、聲音、片斷話語，像吸血蟲般盤附在我身上的形象，吸吮我肝脾之血的力量，雖然被我用透明塑膠袋裝來，我把自己跟它們隔開，但當死亡的白色泡沫從窗隙門縫滲進來，盈滿地時，我驚訝地發現，只有她才是從我心裏長出的東西。

那是一種對世界的新觀點，或許很早我就用這種觀點在抵擋外界，而我沒「發現」它罷了——原來，從我心裏長出來的東西，對我才有用。相對於其他，我活在世間二十個年頭所攬到的關連、名分、才賦、擁有和習性，在關鍵點上，被想死的惡勢力支配，它們統統加起來卻是無。家人從小包圍在我身旁，再如何愛我也救不了我，性質不合，我根本絲毫都不讓他們靠近我的心，用假的較接近他們想像的我丟給他們。他們抱著我的偶身跳和諧的舞步，那是在人類平均想像半徑的準確圓心，經計算投影的假我虛相（我是什麼很難聚焦，但什麼不是我卻一觸即知）；而生之壁正被痛苦剝落的我，在無限遠處渙散開，遠離百分之九十的人類擠身其間，正常心靈的圓圈。

沒有一個人我想去說出我對自己說的話，沒有一件事我做了會減少痛苦，沒有一條具體的原因讓我把目己固定下來，儘管在我胸隘享受他媽的一團糟的一切。之外的就是無。

到底什麼是眞實呢？連「眞實」這個抽象概念怎麼在我心裏「眞實」起來也只有模糊的影。但這個字眼彷彿是能把我整個叉起來的支點。像剛進監獄的囚犯，必須將隨身的衣服飾物裝進塑膠袋，換得一隻保險箱的鑰匙，我全套的生活配備，相反的如同囚犯身上那襲犯人裝，僅僅掛在體外。我渴望的，是旋轉鑰匙，看一眼水伶活生生的眼睛。

像我這樣一個人。一個世人眼裏的女人——從世人眼瞳中焦聚出的是一個人的幻影，這個幻影符合他們的範疇。而從我那隻獨特的眼看自己，卻是個類似希臘神話所說半人半馬的怪物。我這樣的怪物竟然還有另一個女人願意痴心地愛著。自從我成功地甩開這個痴心愛著我的人，成功地逃離我既渴望又恐懼的愛欲的對象，經過長長的十八個月後，這件事才彷彿從遙遠的某根蠟燭開始點燃，一根傳過一根，終於點亮我眼前這根，也正是在我周圍完全漆黑的時候，讓我看到火光傳遞的痕跡，痕跡的舌頭舔到我——無論我是誰，無論別人怎麼看我，無論我知不知道自己是誰，在這個世界上可有個人，她早已完全接受我，她時刻將我揣摩在心上，實心實地愛著我。

這是事實！大三暑假，我剛剛搬到公館街，在一個藍紫的深夜，這句話打進我。夏末秋初的交界，夜色清涼如精靈潑倒水銀，我坐在街口和羅斯福路交角，一家關門樂器店前面的紅磚道上，腦裏迴盪著一首鋼琴曲。「Thanksgiving」，寧靜且被宗教的氣氛所包圍，輕輕吸吐著煙，回想離開老家獨自在台北度過的五年。歲月把一些人帶給我，又帶走他們，什麼也不留。這麼深的夜，廢棄的城市的一個角落，我還是在這裏，獨自在曠野燒著狼煙。

記憶的齒輪緩緩的地錯動——小時候一家人共同生活在一起的情景；一個個小孩子接連著離開家，輪到我瘦小的身體背著行李來到台北求學；高中時代暗戀的對象和幾個一起歷經成長共同哭泣的精神伙伴，也被接續的成長亂流各自攪開，不是強迫性地形同陌路，便是再見面已辨認不出過去彼此相連的情感，只餘噤若寒蟬的悲傷；大學時代宛如置身稀薄溶液，人與人的顆粒更不易相遇，幾個友善的人試圖接近我，都因地殼變動的精神狀況，錯待他人而失之交臂；唯一的綠洲，水伶，也如虹般泯沒，像地球人登陸月球的里程碑，從此是飄浮在外太空無盡的無重力之中……一張張人臉擠進我腦中，每張臉都儲存一部分我的情感、愛、苦澀或者悲傷，對我而言最重要的東西，但一次又一次的「分離」，似乎是無可避免的分離，把我和所愛的人切開，時空的變動，魔術般把對我而言重要的東西變沒有，最後據守的記憶堡壘也終將不敵。

紅磚地上，恍惚間像紅色和藍色的琉璃在交錯游動。「分離」的主題滾過我記憶裏的每個關節，我彷彿可憐小雞抖掉身上雨滴般，渾身打顫，眼淚隨著「Thanks-giving」的旋律滑落。我張開兩腿，兩腿間有一瓶啤酒。我流的不是痛苦的眼淚，是懊悔和了悟的眼淚。恐懼分離啊，原來這些年來我都那麼深地憎恨著分離，原來我一直都在我心的最深處不原諒世間有分離的存在，原來我還是用小孩捂住臉賴著蹲在地上哭泣的方式，在心中儀式化地拒絕與所愛的人分離，原來我正是用加速分離在逃避分離，這就是那些莫名所以的分離情節在背後一手導演的居心。分離這個主題，像埋在地底的亞特蘭大王國，瞬間完整地浮突出來。

我穿著深藍的運動長褲，踱步到大馬路，喧囂臃腫的台北市街道，在白日猶如一條骯髒的臭水溝，進入深夜就出現它幽靜的深奧面貌。坐在天橋的階梯上，我曾在不知多少個寂寥的深夜，以相同的姿勢坐在不同天橋的階梯上，想著我生命中重要的那幾個人，她們就代表著我的編年史，如今天橋的顏色換成紫色，我深刻且清醒地知覺到自己是待在同一個地方，這些橋也是同一個橋，我也如同此刻般蹲坐、手抱雙膝，以這樣的姿勢觀看退下的世界。

啤酒的味道特別澀，兩手獨居的大學生活，不知喝掉多少啤酒，猶如暗自流掉的眼淚，但似乎連啤酒跟我之間的關係也在此刻變得醒覺。我的腦輪轉起一個問題：如果我現在死掉，我對世界到底有什麼意義？無論如何，即使我再變成什麼樣身分的一個人，也不會超出這樣的意義，擦去一具蹲坐的姿勢。而世界對我又到底有什麼意義？我激動起來，噴衝而出的感情使我不自覺顫抖，有的，我的整個身心都在渴望世界，渴望它撫摸一下我這個小孩的頭，還有，我深深地愛著某些人，這份愛就正具體地牽動使我痛。

突然間，我站起來趴在橋邊乾嘔，胃內空無一物，酸汁清楚地在胃壁倒流——「我殺死我所愛的人」，這樣一句話隨著我的乾嘔，從我嘴裏被強硬地吐出來，像體內的一團小生物用力扳開我的嘴，自行彈出，接著我的胸膛發出「嗚嗚」哀鳴的振動聲。一座地底墳墓的景象出現，我心中最重要的東西被象徵化出來。我和世界之間關係的地圖，像埋在泥土裏模糊晦澀的線條被牛犂犂深，整塊挖起。

我任由自己放聲大哭，哭聲再如何大，仍只是車聲洪流經我耳邊的雜音。我把我所愛的人一個個在我心中殺死，埋在墳墓裏，我就是墳墓的看守人，我每天躲在墳墓裏對著他們流淚，每當星星出來時，就爬出墳墓把十字架插起來，沒有星星的時候，就躺在墳墓裏等死，這就是「分離」的亞特蘭大王國。在瞬間，我明白了許多許多，從來沒有一個意象把我內心未知的部分洞開這麼大片。其他人都死了，只有我一個人活著，我的世界就等於墳墓，所以我如此悲傷。

馬上我就看到一口最大的水晶棺材，裝著水伶的。前面所說，這個女人在痴心地愛著我。到這裏才在事實的層面上對我發生作用。我對世界的知覺（在觀測我的整體結構上，這是個重要的深水鏡），使我選擇與這個女人分離，將她殺死裝在水晶棺材裏，永遠保存或佔有她，而逃避掉現實關係的種種威脅，以及實體的她在時間裏的變化，相對於我的知覺，這兩者可能才會造成我所深深恐懼的眞分離。用加速分離在逃避分離也是這樣的意思。

如此解釋了爲何十八個月之中，我沒有讓她再踏進我的世界一步。絕不是不想和她說話不想看到她，相反地我對她的愛深化成如已結成兩面的銅板，然而之於我，將她的屍體保存在我的水晶棺材裏，可能更接近我的眞實，那裏是我可以相信恆久不會動搖的世界，令我完全放心。甚至，水伶這個人活生生的生命，對我彷佛也無緊要。

水伶是活生生地跟我在一起活在這個都市裏，甚實。怎麼辦？

2

一九八九年。水伶。公館街。悲戀的第二回合。

「哪，這給你！」

一個冬天的早晨，和前年相同的季節，我上完游泳課，全身冷得打哆嗦，難得早起的清晨，校園操場邊的綠草皮結著細緻如毛細孔般的露珠。騎在操場邊的人行道上，突然一輛腳踏車橫到我面前，將一封信丟到我的車籃裏，轉身又騎走。我差點尖叫出聲，是水伶。

「怎麼跑來了？」我快速騎車趕上，找出我一貫對她使用溫和寬厚的語調。想像過千百回的景象，如今眞的實現了。在這十八個月裏，偶爾幾次在學校遠遠地掠見她，就已經猶如被烈火烤傷，落敗逃亡，所以一直認爲，如果她眞的跑來站在我面前，並且開口對我說話，我一定會死。沒想到果然成眞時，我竟如此自然從容，像用大浴巾愉悅地擦著濕漉的髮。

她不理睬我，頭也不偏地專心騎車，緩緩踩著踏板，注視前方的路，被一層薄膜包封在耳聾目盲裏。紫色的長圍巾，我應該是比她更男性化的，但披著圍巾，牛仔服裝扮的她，顯出令我嘆息的帥氣。我在她旁邊併騎著，到了路口，她自然地騎向前，不顧我各式各樣的探問，待她穿過交叉路，我被激發起來糾纏她的心頓時軟化。停下來，眼巴巴看她遠去。

回住處，內心搏鬥幾回合後，又返回學校。坐在她上課課堂的後座，目不轉睛，盯著斜前方靠窗座位上的她，她專注聽課的神情依然沒變，如此的距離和時空錯接，挑起我尖利的酸楚。瞇上眼睛，彷彿只要一根手指頭便搆得著她，實則有無數個崖橫在我們中間。每次，只要她一出現在我的視線內，就以爲可以輕易搆到她，拚命踮起腳尖探長手，奈何眼睛估量好的位置，成像卻後退又後退。

她無言抵抗了許久，想繞開我逃跑。我亦步亦趨地追蹤，緊緊跟在她身後，盲目地被牽引，像吐出黏絲綁住小蟲子的蜘蛛。她的素色信封裏裝著一首短詩，表達她對我印痕般哀愁又宿命的感情。在這樣彼此吸引又推斥的磁力過程中，愛欲被高度激發，交混著狂喜與痛苦，完全喪失自己的。

她低著頭走，回過來含怨地瞪我幾次。到湖邊，停下來，轉過來站立在我面前。睜圓眼注視我，展現隱藏著羞澀的大膽，問我：

「你來幹嘛？」

「我也不知道。」我回答，既無辜又準備像從前般厚臉皮，吃定她。

「不知道那你、來、幹、嘛？」最後幾個字幾乎是嚷著講的。

她氣著質問，然後自己又笑出來。彷彿她在自己跟自己玩。面對著湖，她坐在白色鐵椅上，手指頭鉤搓著一件紅色毛線衣，臉逐漸飛紅。

「對不起，我一時失控，你突然把腳踏著騎向我，出現在我面前，於是我沒辦法克制自己，一直跟著你。」

「一時失控？那你叫我在你一時失控之後怎麼辦？」

「如果會改變就改變，不會改變的話也只是跟從前一樣。」

「不一樣、不一樣。」她用力搖頭，對我因強烈不滿而露出極嚴厲的表情，彷佛犯了大錯般在自虐著。

「我應要跟別人在一起了。」

她在歐斯底里地搖頭之後，突然蹦出這樣一句話。秋季，連接三年相同的這個節候，醉月湖上的秋風爽颯地掠過，滿及遍地的綠野，湖水微微顫動，包圍著湖的樹也窸窸窣窣地搖曳，我可以生動地感受到自己肺裏迅速地交換著清涼的秋意。前年、去年，我都如此孤挺在這般的秋野之中，彷彿造物裏萎色的一點黃斑。如今，這黃斑因她的一句話點醒，暈開使我全枯。

相擁在一起哭泣，我們像一對亡命天涯的情侶。仍是孤挺在秋野。

她怨我為何不早點出現，我知道她的痛苦。我也高吼著為什麼要跟別人在一起，她了解我的痛苦。像兩匹獸在做最後的對決，用利牙撕裂對方的肉既是愛也是恨。無法互舔傷口，只能在對方面前盡情哀鳴。

更何況，那個「別人」也是個女人。這句話刺中我，啞然失聲。

水伶說，就在前幾天，她生日的那天，她剛收下那個別人送她的一枚戒指，答應要跟那個別人在一起，並且承諾要跟她一同出國留學。而我偷偷放在水伶家門口的玫瑰花，正好是她從生日燭光晚餐回來後，用戴著別人戒指的手拾起來流洩出再接觸的欲望，這個在那天之前爲她日夜等待的訊號，再度要催著她去做失魂的狂舞，且這次的狂舞是拷著另一副枷鎖的。

等我到第十個月，她傻笑著，眼睛僵直如木株。日日夜夜跟我在一起，神魂顚倒像瘋子，她想攀附在一個別人身上，逃離開這裏。她快速瞥了我一眼，像劍尖。於是選擇一個跟我比較「接近」的別人，而不要選擇一個不同類別的男人。因爲那會弄壞她所保存完好記憶的我，她說，她已決定好要帶著我跟別人走了，誰也奪不走，她心中的我，尤其是現在的我。

我內心裝滿疼痛，罪疚她因我非理性的斷然離去所受的瘋狂折磨，憐惜她背逃我的行動底下所隱藏的自虐意涵，且她固著因而病態的愛使我痛進骨髓，更由於恐懼再失去她所珍藏過去我的意義，她對現在的我轉化成強烈的敵意。

天啊！捶胸頓足。她不是將墜入永劫的輪迴嗎？

3

水伶：

換我來向你告白吧。今年我過我的二十歲生日，獨自一人，我想死而沒有死成。沒辦把自己丟出去，朝死的懸崖縱跳，我自己跟自己做好決定，但身體內供應決定的力量還不夠。在腳探崖岸的關卡，你在我心裏發生強大的作用，我突然明白在這個茫茫的世界裏，有一個你在愛著我。就是這樣，且只有你，家人雖然愛我，甚至能爲我犧牲一切，但那個我不是我，任何人也愛不到我，痛也不會止，唯有你是與我的心理病痛相連的，我曾經以我內在的奧祕完全面向你，我們之間的愛像X光一樣穿透我混濁的核心。所以我最後還是不知從哪裏的縐圯中記起這件事「有一個你在愛著我」，這件事早在一個未知的隱密角落釘住我，叫我脫不出生的領域。

在過去我從不明白，頃刻間頓悟，使我悲痛欲絕，像我生存的實際疆域被畫出來一般，我沒能力死，而唯一釘住我使我隱隱眷戀活著的一件事，我早已將它推開，我的方向幾乎已經完全背離，唯一那件在我內裏暗暗發光的事，我卻由於不明白任它從現實世界溜走。

所以我回來了。沒錯，是回來了。從此，我這個人有一百八十度的轉變。我想要照顧你，我想要再跟你發生現實的關連，那從一種致命的恐懼變成活潑的願望，對這份愛欲致命的恐懼確實神祕地退去了。你生日我送玫瑰去，沒有特別想要改變什麼，也許你會覺得荒謬，那樣的行動只是代表我不需要再阻止我對你的自然感情罷了。

相隔十八個月後，我又站在你家門口，雕花的白金鐵門，很釋然。知道你會永遠生活在裏面，我不必急著找尋你，你就在我的疆域之中，雕花鐵門內。我們的關係那時候在我心中變成這樣，再也沒有什麼東西可以把我們分開。我跟自己說，無論在現實裏我們將以何種形式關係著，我要回到我的疆域上，在精神的界面，像守護神一樣在你旁邊。而如此，任何東西也阻止不了我們生命的結盟。

你在愛著我，這樣的義理，過去我不曾眞的明白過。相反地，這正是死病的核心。我不相信有任何人會愛眞正的我，包括你在內。

爲什麼會不明白？這牽涉到我內在的問題。自從青春期，我開始懂得愛別人來，我就不明白我之所以是這樣到底有什麼道理？對於我身外另一個人類的渴望這件事，像一把鑰匙，逐步地把隱藏在我身內獨特的祕密開啓出來，像原本就雕刻在那裏的圖案從模糊中走出來，清楚得令我難以忍受，那是屬於我自己的生存情境和苦難。

你知道的，我總是愛上女人，這就是我裏面的圖案。然而你不知道，當年陪伴著你走的我，內心有什麼樣的痛苦，那是我沒辦法讓你明白的。活著就是痛苦，活著就是罪惡，那把我跟你隔開。

我曾說你太快樂了，那使我很寂寞，其實是我自己被苦的石灰岩層層包圍，你碰觸不到我，你只能靠愛情中的直覺，像盲人點字般摸到一塊輪廓，而痛苦時時轉向我裂解，那樣的石灰岩內部，你幾乎是完全無知的。所以自從你加入石灰岩，像硫酸一樣加速我痛苦的裂解，直到裂解的產物淹沒我，叫我叛逃的那個點爲止，你並不了解我發生什麼變化，也不了解你的命運正被我捲向何方。

之於你，愛上女人是件自然的事，如同愛上男人，你不相信有悲劇更不願承認眼前有不幸在等著，所以你常把我眼中的劇烈痛苦火花歸諸於我天生的悲劇性格，你只享受著幸福，以及畸戀中特有的激情。

而我是你年輕的父親，我是你具有特異精神美感的戀人，一切都平凡，就是你眼中的平凡幸福，使我被判必須孤獨地承擔屬於我們共同命運的重量。雖然愛情在我們之間產生，但我們經驗著剖開的兩半。

我活在一個「食物有毒」的世界上。我愛與我同類的女人，以一種無、可、救、藥的姿態，從愛的自覺在我生命中誕生，直到目前，「無可救藥」這四個字包含我全部的苦難，這個判刑也將是我貫穿一生的重軛。

順任自己的愛欲，吃下女人這個「食物」，我體內會中毒，面臨這樣的設計，我跟自己解釋有三條路可走：(1)是改變食物(2)發明解毒劑(3)是替代性生存策略。

改變食物。這種方法是在我接受你之前，設法想扭轉我命運的全部努力。整個青春期我都把精神花在隔離自己的愛欲，那是在我發現壓迫自己朝向相反方向的無用性之後，暫時能把對自己的恐懼圈在一個範圍裏，避免它無法控制地擴散唯一的可能。

這是一個自欺欺人的假設：如果我能愛上男人，愛女人的痛苦就會消失，原本對自我認識形成的事實就會「不見」。其實愛女人跟愛男人根本是不相干的兩回事，對女人的愛欲既已展現，無論以後是否會消失，或在記憶裏將留存下什麼面貌，它已經在我裏面，猶如和它對抗而引發衝突的部分又更早在那裏，道理相同。像一缸水，原本已加進黑色染料，再加進別的顏色或許會改變外觀的顏色，但卻無法將水中有黑色這個事實除去。

我一直沒辦法愛上男人，那種情況就像一般的男人不會愛上另一個男人一樣自然。所以「改變食物」的內在律令，長期侮辱著我自己。在我發現自己以一種難容於社會、自己的樣貌出現之前，它已形成它自然的整體了，而我只能叫囂、恐嚇、敲打它，當實質上奈何不了它時，我就在概念上否定、戕害自己。這樣的悲哀，你能了解嗎？

愛上你。把自己給出去。回想起來那是一個更不忍卒睹的過程。紀德在離開妻子而不顧時，在一封告別信裏寫著：「在你的身邊，我將近腐爛了。」放開自己去愛，來不及發明解毒劑，就是腐爛化的過程。

在那短短半年讓我們發展愛情的歷史裏，我是個「怪物」，這個怪物用牠的手撫摸擁抱你，用牠的嘴親吻你，用牠怪物的欲望熱烈渴望著你的身體，然後承受你眼中毫無怪物陰影的完整愛慕與審美，這一切都殘酷地摩蝕著我。

我没資格愛你。我在心中與這個「資格」掙扎，無能將「怪物」的自我體驗從心的肉上拔開，這種怪物體驗又猶如鹽巴般地灑在「没資格」的傷口。

你像是一個讓我揭現自己的場域，對你的愛戀愈深固，我看見自己怪物的猙獰面貌愈多，從前把自己捆縛住的繃帶一卷卷拆開後，裏面怪物的實際樣子超出想像太多。夜夜我爲這個怪物的誕生，震驚不能喘息安眠，縋綣在痛苦裏彷彿挾抱著久病的身體，在舌根處絶望地尖叫。

不知道那是自我發現，還是自我形成的曲徑。總之，我逃跑了，像飽弓之弦上的箭般，高速射出這個愛戀的場域，一股將我爆炸開來的自卑和醜惡感竭力把弓繃到最緊，我投降，在掙扎之中寂滅下來。由弓的意志將我射出，凌穿靶的，我們的命運才眞正在血泊中被這隻箭針織在一起。我用罪惡的手法，狠心將你攔腰一斬丢棄在荒野，不顧你苦苦哀求，於莫名其究中無辜的淚，仍閃著頑固信任我的眼光。

是我沒辦法接受自己，那個在相愛之中所使用出來的我，也就沒辦法解毒，毒源是更早種下的，毒源是全部人類爲我種下的，他們全體以下毒的方式在那裏發出大合唱的鼓噪，在我還沒把這個自己推出到其他人之前，我已先替他們蓋上「作廢」的章，撕成碎片了。

在我二十歲生日之前，我沒相信過你是愛我的。結果我大錯特錯了，這才是眞正的罪過，對自己的厭惡和詛咒把我的眼睛塗上大便了。由於太渴望被愛，想到被愛的可能遠比確信不被愛更傷害自尊，我以爲自己不値得被愛。雖然你表現出的是愛我的，但我想那是由於你沒有經驗過與男性的愛情，無知於我們將要面對的社會挫折，也不明瞭在我內心種種醜惡的泥沼。我想最終你還是需要的是一個男性，對我不過是一時的迷惑，遲早都會把我像一隻破拖鞋一樣丟到垃圾場。

剩下的，就只能靠「替代性生存策略」活著了。我替換著用各種不同的方式，補那個要吃食物的洞，原本以茅草覆蓋的洞已然鑿深，禁食時代結束，又不勝進食後的毒力。在愛欲上的「飢、餓」如地底礁石般突出，在離開你這顆大毒蕈之後，急遽削刻我生命的炭心。

水伶，你難以想像在那十八個月裏，我隨時都懷著自己即將燈枯油盡的害怕，拚命藉著介入人羣的熱鬧工作、追逐輕浮的短暫情感及酒精的麻痺，輪流勉強自己活下去，那是像狗一樣到處翻找食物的倉惶狼狽。

啊，命運竟如此待我！當我回頭，當你喚住我而我回頭，命運竟如此苛待我——你說剛剛決定要帶著我跟別人走。難道你不知道我是要回來投奔你的嗎？當你帶著冷酷的虐意告訴我別人的出現時，彷佛我在我們的關係上堆起來受苦的高塔，在那一瞬間才一起崩垮。那眞是一大諷刺，我離開你這個女子，希望的是屬於我這個怪物的痕跡能在你身上抹去，埋在灰燼的最裏層，你熔斷和我的具體關連，重回正常的那一邊，去結婚生子，在凡常的範圍內，起碼整個人類的文獻文明都支援著解題技巧的幸與不幸，我願望著你進入那樣的版圖。

畢竟你和我性質不完全相同，你仍是個社會蓋印之下的正常女性，你愛我仍是以陰性的母體在愛，你的愛可横跨正常的男性，基本上你與一般女性不同之處只是多出包容心，在我們的關係裏質變的是我，是我被你撕露陽性的肉體，而從人類意識核心被拋出一個變質的我，但我認爲你並沒有被拋出來，你還可歸返我被拋出來之處。

我回來，一切並非如此。你所挑撰的新情人令我難堪，更接近羞辱感。安部公房在《箱男》裏寫一個把身體隱匿在箱子裏行走的男子，他從箱子裏遠遠窺視一幅場景：另一名箱男子從箱子裏也藉窺視讓眼前一名裸女使她引發快感，箱男子所體味到混雜憤怒和羞恥的感覺，或許例子並不恰當，但之於我微妙的難堪，稍稍可代表它的極化。

重逢這幾天，我花大量的時間試圖進入你的細節，但總被那股羞辱感阻斷，難以扼止地進行爲新情人摹相的聯想，就像以我的輪廓爲靶的物，進行細部描摹的密集槍擊。

這場回歸之中，命運新結的網和我內在新的分泌物，都是我始料未及的啊！

寫到這裏，我手已疲軟得發抖。直到現在，我仍然相信你是愛著我的，它像是一種信仰，支撐著我游過自己的死亡邊界、游過相隔十八個月的現實時空，前來皈依附靠，但爲什麼直到這個點你才做出這個行動的決定，正是我過去所恐懼和等待的——把我像一隻破拖鞋一樣丟到垃圾場？我在灰燼裏沒找到我，你說把我供到神壇上了，爐裏燒的卻是別人的香火，我要到哪裏翻找我的信仰？

我明白我這次再難翻牆逃走，新的網在見面的瞬間已織就好。我褪掉一層「無資格」的黏膜，罪惡感也被死亡的浪潮沖退，僅挾帶少量的自卑感前來，準備好與你赤裸擁抱。甚至想過即使你選擇一份正常婚姻，我仍要像親人般看著你。如此愛的決心夠不夠？夠不夠？人生又比我所推論的曖昧，情況也不夠簡單，荊棘橫在我們中間，我們對站觀望相吸引復推斥，兩人（甚至三人）都皮綻肉破，可又逃不開。告訴我。光是要去愛的動能、純潔、忍耐和決心，夠不夠？夠不夠？

一九八九年十一月四日

4

談一談賈曼(Derek Jarman)和惹內(Jean Genet)的關係。

由於本國地方狹小，人口稠密，生活單調，每有重大新聞總是歷久不衰，「鱷魚熱」成爲百年來注意密度最高、持續時間最長的新聞，更顯示出人們對新聞的渴望。

由於這天羅密網般的監視（鱷魚牌的總代理商還拿出一百萬懸賞抓到第一隻鱷魚的人），鱷魚不得不辭掉工作，躲在家裏暫時依靠多年的積蓄過活，想到自己平白無故躍居全國排名第一受歡迎人物，連總統在就職典禮演講時都在最後加上一句：「希望未來你們能像喜歡鱷魚一樣喜歡我」，也爲了能讓全國人繼續享受尋找鱷魚的快樂，鱷魚舔舔嘴，覺得忍耐這一點隱藏自己的不便也是榮幸的，其實它是多麼希望能在全國電視上跟全國人說聲：

「嗨！我在這裏！」

一九九一年我接過大學畢業證書之後，開始學海明威和福克納，覺得自己是不可出世的天才，蹲在家裏做「作家夢」。經過三個月，大頭夢破碎後，被掃地出門在一家茶藝館當店小二（想想還是不錯，福克納說作家最好的職業是開妓女戶，白天寫作，晚上可以有豐富的社交生活，茶藝館的條件也很接近）。有一天晚上，一個客人在打烊時最後一個走，在櫃台前的公佈欄上偷偷貼上一張廣告：

召集令：各方老鱷魚注意，下次集合時間十二月二十四日午夜十二點，地點在鱷魚酒吧一○○號房，將舉行化名聖誕舞會。

鱷魚俱樂部敬啓

自從鱷魚撿到那張召集令後，它興奮得幾天睡不覺，沒想到還有其他的鱷魚，並且大家已經成立俱樂部了！這麼說，它有個地方可以去，有人可以講話囉？鱷魚激動得邊流大顆眼淚邊吸吮著厚棉被的四個角角。

聖誕夜十二點，鱷魚準時到達，酒吧門口有兩個穿著白西裝的服務生要幫它把大衣取下，鱷魚不習慣地縮到柱角，他們請鱷魚簽下化名，它簽著「惹內」，低聲問他們：「大家都是鱷魚嗎？」服務生微微點點頭，鱷魚害羞得想鑽進簽名桌底下，看到「惹內」旁的簽名是「賈曼」。

裏面已擠滿數十人，會場之大，佈置之豪華，令鱷魚感受到如回家的溫暖。

鱷魚想，怎麼每個鱷魚都把「人裝」穿得緊緊的，眞沒想到大家跟它一樣害羞，鱷魚腦裏出現一個畫面：在寒冷的冬夜裏大家緊緊地擁抱成一團。

舞會進行到一半，旁邊麥克風傳來主持人的聲音：「感謝化學原料企業公司主辦這第十次鱷魚俱樂部。由於他們近半年祕密研究仿鱷魚的人裝，造福不少渴望過鱷魚癮已久的人，前天又研製出最新品種的『人裝3號』，得以滿足潛在的鱷魚傾向，各位等會兒也可拿舊裝來兌換新裝。最後，由於接下來的舞曲節奏更快，怕大家太熱，我喊一、二、三，大家一起脫掉人裝……」

一、二、三喊完之後，全場燈打開，幾十個人同時大叫——

「鱷魚！」

在這之前半秒，我把控燈師擠開，關掉總電源，再衝到鱷魚旁邊拖它，迅雷不及掩耳躲到後門邊，穿好「人裝」逃走。一分鐘之後，酒吧已水洩不通，裏面的人驚恐得奪門而出，附近的居民又興奮得要擠進來，場面正符合「蹂介以奔」那句話。化名「賈曼」參加的我，從鱷魚踏進門那一刻，就認出它是放廣告的客人。

賈曼是個快要死的英國導演，金馬獎影展時看到他拍的「花園」，再加上當時鱷魚被我安置躲在茶藝館地下室，使我決定寫這部鱷魚提供資料，賈曼提供技術的小說。再從畢業證書寫起：

「嗚嗚……，我差一點點就可以永遠不再穿人裝見人了，爲什麼要把我拉走？」

鱷魚躺在茶藝館的椅墊上，裝著棉花的椅墊鋪滿木材地板，它把身體倒著，雙腿舉靠在牆上，用力踢牆抗議著。

我擺擺手。

「大家都那麼喜歡看到我……你……你難道不明白？」鱷魚勉強說到第二句，開始結巴，它發現自己從沒單獨面對別人，「可是，我到底有什麼不同？」

我搖搖頭。至於惹內，鱷魚說沒有那個名人比他更棒，他從小在法國監獄長大，以各種頭銜一輩子進出監獄，最後以可愛的創作天才，在沙特力保下受到總統特赦哦……。

V8攝影機固定在牆角對準鱷魚，我邊吃著蔬菜拉麵，邊把眼孔對準觀景窗，螢幕上的小鱷魚手舞足蹈地自言自語起來，滿坑滿谷的話從鱷魚嘴裏吐出來，愈來愈快，像高速放映，最後的聲音只剩下長串的唧—唧—唧……，就這樣鱷魚不眠不休連續講了三天三夜，我昏沈當中記得它的最後一句話是：

「我要上廁所！」

5

當雨後彩虹出現，我們一起站在船塢上，向沈落的悲傷島嶼揮別，在那盡頭什麼也沒有，只有我們彼此觀望的愛欲，歎息往常骯髒的牽纏，像別開生面的畫展，徒留一隻遺忘的雨傘。愛欲們在霧中行走，三角形勾住圓形，圓形套著箭頭，箭頭又刺進三角形，路標一個接一個升起，右轉下交流道之後，迷失在單行道內細小叢林的海域……

在文學院前廳掛留言簿的公佈欄上，發現一本黑皮小手册，資料欄裏寫著夢生的名字及地址電話。手册裏寫滿密密麻麻這類的段落，每篇都字跡潦草，像是隨身速記下的。看到他的名字在那裏，突然我的淚流個不停，剛好就濡濕這一頁。怎麼我跟這個人隱約的關連緊緊咬住我的悲傷？

「喂，夢生，我撿到你的黑色手記，想拿回去就出來讓我看一下。」

「怎麼，你想看我？小心你要開始愛上我了。」

又隔了近半年沒看到他，他理了個大平頭，穿著毛料的厚西裝，長及膝蓋，脖子圍一條深綠色的彩繪絲巾，裏面是乳黃色的格子襯衫，看起來像個禿鷹貴族。我們在一家地下酒吧見面，酒吧裏煙霧瀰漫，頂層天花板極低，一組披頭散髮的外國人樂團在演唱重金屬音樂，像是進入原始洞窟。

「夢生，今天我們不要玩遊戲好嗎？我想……」

「我這個人開始對你產生意義了嗎？」他舉起右手，比一下停的手勢阻止我說話，眼神發呆地平視樂團，低調向我發問。

我感覺這半年來他變成透明的銀色，我也走過去靠近他，在鐳射光範圍內的一隻手臂被螢光包住，另一隻手臂保留原來的肉色，小小的密閉空間裏除了幾排照相孔外，燈全關，一桌桌的人像速描畫中炭筆陰影，隨著重金屬樂器聲的捶擊，彷彿在一個黑色的火柴盒裏盪向無際的宇宙。

「看到沒有，那一大桌坐滿十幾個男生的，個個奇裝異服，哪……另外那一桌兩個女的低著頭，他們都是沒有性別的人，或說他們都正在對抗簡單的性別符號加諸他們的咒箍，還有那兩個大光頭」夢生比著樂團的主唱「他就是這家酒吧的老闆，我們叫他Nothing，就是店的店名，你看他臉上縫了二十幾針的疤，那是他二十歲時拿水果刀自己劃下的，那時他立了一道疤誓：他說就要這樣劃破這個別人給他的我，他不是眞正的我，之後，他背起一隻簡單的背包環遊世界，開始要自己形成眞正的我……」

「夢生，我不要聽你談這些，我要跟你說話。」夢生坐在高腳圓椅上，張開雙腿，手抓著兩腿間的椅緣，隨著節拍抖動雙腿，他的身體進入與其他人集體狂歡的狀態中，細胞劇烈跳躍，卻兩眼無魂。

舞台中央的光頭Nothing在他的歌聲漸歇鼓聲如牆時，眉眼朝夢生誘惑地勾掃，手指頭示意要他上台。他一經召喚，就身手敏捷地脫掉西裝外套旋轉著跳進舞池，全場見是他抱以熱烈掌聲，大家一起敲打桌面裏踏地板大喊：

Bony. Bony——Bony. Bony.

夢生握著麥克風，用英語以怪聲調說了一串快速的話，大意是說他封歌已一年，沒想到大家還記得他，今天由於他一位特別的朋友跟他一起來，他要特別獻唱一歌。

接著背後響起極慢的調子，夢生和Nothing合唱一首黑人靈歌，胸前垂著彩繪絲巾的夢生，臉上顯現特別妖媚的光彩，隨音樂的旋律，兩人面對面蠕動著下半身，下半身逐漸靠近輕輕摩擦，全場都尖叫喝采，兩人似乎都迷醉其中，彼此伸出舌頭纏舔著，樂團突然停止演奏，激情達到高潮。

「怎麼，光看到這一級就受不了啦！」夢生隔著女生廁所的門問我。

看到那幕激情戲，我一口氣喝下我和夢生的兩杯白蘭地，隔一會兒馬上胃腸翻湧，衝進洗手間嘔吐，內心受到難堪的衝擊。

「沒有，不是不能接受，只是自己的身體在反對這一部分……，頭腦和身體不能協調。」勉強說到這兒，我又唏哩嘩啦嘔出一大口。

「你還好嗎？」夢生緊張地旋轉把手想要打開門，「可憐，眞沒用，以前我還是這裏的台柱時，還跟Nothing和他找來的女人當場做過哩，連表演現場大便都幹過，要是你看了不吐死才怪！」

「夢生，你一直知道我的問題，對不對？」我坐在馬桶上安靜下來。

「我看到你的第一眼就把你看穿了。」他也坐在地上，隔著廁所門下部通氣窗的縫睨看我。

「我被打敗了，也跟你和楚狂一樣掉進死亡圈走不出去了」說完這句話，我第一次感受到一種人與人間的解脫感，輕鬆地嗚咽哭出聲。

「聖母瑪莉亞他媽的，又一個上帝的選民！」夢生用力捶擊門板，「我們這些人從不同的個人歷史裏走來，一個有一個的一疊病歷表，卻共同走進死亡氣氛這個星球，說死也不是個個眞的都死得成，我說不定還可以賴到九十歲哩。說任何歷史讓我要死都是狗屁，打從有記憶的五歲開始，光吸空氣都覺得可怕，慢慢地我才搞清楚，你知道最可怕的是什麼嗎？就是時間。哈哈……，空氣和時間這兩樣你躲得過嗎？這樣的人不是上帝先選好的是什麼？我們可是最優秀的哦！」

「夢生，我沒你那麼嚴重，我體內還有一個部分要阻止自己不由自主往死裏奔，不光是身體的本能，就在我的意識裏不願意。

「二十歲時撐到一個危險的程度，反而逼著我殺出一條生路。在這個星球上我知道我已經有一條生路了……」停頓了一下，突然覺得有千斤重的羞恥壓在我的唇上，這股附體般隨傳隨到的羞恥感，像是隱形緊箍著我的身體的皮衣，長久以來霸道地畫下我跟別人的疆界，又一陣欲淚的衝動，「夢生，我跟一個女人眞實地相愛著，我有生路！」說完淚水就不聽使喚地滑下，我噤住聲音，驕傲自己終於把皮衣衝破一個洞，想到與皮衣間的掙扎，無限心酸。

「出來啊，太恭禧你了，想要抱你一下，」夢生從氣窗縫裏朝我吐舌頭做鬼臉，「還要灑一泡尿慶祝，」馬上就聽到拉牛仔褲的拉鏈聲，他蹦跳著在大化妝室裏灑尿一圈，聽到有一個女人尖叫著跑出去。

「那什麼都不重要了，要再往死的脊椎骨裏鑽深點，它是一切眞實的總源頭，像白千層一樣褪去那一層層的臭皮囊吧，連你的祖宗八代、父母、手足、皮膚外萬頭鑽動的人，還有你皮膚底下反對著你靈魂的身體記憶通通槍斃，露出白白的白肚子吧。死的深處，會叫你嚐到你什麼也不是，只是白肚子罷了。」夢生站在門口以眞誠的聲音對我說。

「夢生，可是當我發現我的通路時，它又被外界堵死了，我唯有鑿通它，但我鑿不動，又掉回來了。我現在像是在死跟生交界隧道的洞口靜止漂泊，只待外界的那顆變化球將我撞進亂流。」

「我還沒告訴你『女神』的故事吧？」夢生歎了一口氣說，「我在心裏偷偷愛著一個『女神』的影子，比楚狂還早認識的，她是我從流氓生涯剛回到學校時，參加一個校內合唱團的指揮，那時候我根本不敢靠近她，我自認爲配不上她。那一陣子我似乎神經走火，竟然能跟團裏的七、八個人產生像兄弟姐妹般純潔深刻的感情，只要跟他們在一起，我就自然地像個正常人般感受行事，他們一點都不瞭解我的另一面，我喜歡跟他們在一起那種純的感覺，接近其中一個把他抓出來，都會使我厭惡自己，就這樣眼睜睜看著女神喜歡上另一個男指揮。」

我閉上眼想像夢生的樣子，梳了油往後攏的髮，一雙黑溜溜可以銳利射人心脈又可溫柔流動勾人魂魄的眼，額頭高且闊像一塊平整的草原，臉形瘦長兩頰略爲凹陷。配合著他的表情，常使人覺得他臉頰肌肉似乎可以隨著眼珠的色澤而調整，他是個好演員，表情變化的豐富肌裏，讓我每次跟他在一起，就被他那目不暇給的演出所吸引住，只要看著他展現自己就好了，但卻有一顆完全絕望的種子包藏在他瑰麗的體內。

「很驢吧？其實根本沒有愛。這麼多年，我對她的陷溺愈來愈深，我完全沒接觸到她，但她幻影卻逐漸膨脹成像瘤一樣的巨大東西。我會在街上任何女人身上難以扼止地搜尋她的鼻、眉、哪怕是小腿弧度的影子，跟任何女人展開的感情，最後都會基於對女神背叛的自懲而搞得像一盤砸壞的蛋糕。

「但很可笑，我曾試著要在洗澡時拿女神作打槍的幻想對象，試了幾次都不敢了，每次都不能勃起哦！只要一想到她連一秒鐘都沒想過我這個人，而我卻在這邊像條蟲一樣分分秒秒地舔著她的影子，就——」夢生坐在地上自言自語地說著。

「我沒想到你是這樣的人……」我早已打開門，站在夢生旁邊，內心一股相惜之情湧上，使我緊緊抱住他的頭。

第六手記

1

鱷魚住在茶藝館地下室期間，它的適應力奇佳，光憑這點，它就值得獲頒一座金馬獎（爲什麼是金馬獎，大概是因爲唯有這個頒獎典禮可以讓鱷魚不用穿人裝，直接亮相，兼收娛樂效果），或是一座優生寶寶獎（必定有貢獻於改良紙尿布的靈感）。

鱷魚的生活極具規律性。早上不需鬧鐘，在地下室更看不到太陽，但六點一到它就會自動起床，穿著咖啡色格子的新睡衣，老闆娘兒子的睡衣，手臂和褲管布料都短一截，手裏抱著代替的鱷魚玩具，這是它自己做的，十幾條小手帕裹成一團再用一條大手帕包住，每天睡覺它都要抱著鱷魚玩具睡。

他睡在自己堆成凹型的貨堆床上，一起床，朦朧閉著眼睛，直線走到角落的尿桶，坐著上廁所。趁著天還矇矇亮時，爬到地面上的排水溝倒掉，這是一天裏它唯一上去透透氣的時刻。

吃早餐前它例行要做運動，它的運動是往上跳躍摸天花板如此一百下，由於怕被鄰居查出它就是鱷魚，常搬家的結果，發現只有這種運動可以在任何居住環境做。沒有鱷魚罐頭，鱷魚利用倉庫裏一隻火鍋，煮出稀奇古怪的三餐。

早上的時間鱷魚都在讀東西，它幾乎只要有文字都讀，在地下室讀貨物上的標示，進貨記錄本，它最鍾愛的是一本破舊的《靈異雜誌》。

下午它邊聽一台小台的收音機，邊做一些手工，有時候是織毛衣有時候是做中國結，有時候是拼湊模型，它把這些都送給我，折合我支出的金錢，我不要都沒辦法。

晚上它看電視（這是我的一台小電視），十點鐘一到，它又不自覺地爬上貨堆床，如果我願意講一則故事給它聽，它會高興地投一個一元硬幣在小豬裏。

「賈曼，我可不可以寫信到電台點播歌曲？我可是忠實聽衆！」

「好啊。那你要署什麼名？」

「鱷魚啊！」

「不行。大家會來訪問你。那你要點什麼歌？」

「我要點我自己做的『鱷魚之歌』給賈曼。」

鱷魚有一個最奇怪的習性。鱷魚只有在穿上人裝時，才敢看著我說話，在地下室時它大都沒穿人裝，所以每當它要跟我說話時，它就對著攝影機V8的鏡頭說，我若要看鱷魚的表情，就對著攝影機的觀景窗，看累了必須閃到一個布幕後面說話，這是應鱷魚的要求隔開的。

鱷魚是個天生的演員，對著鏡頭講話是它唯一的「溝通方式」：「我大概是歷史上發現這件事的第一個人，」我不在的時候，它也可以自己對著鏡頭跟我說話。

「喂，鱷魚，你怎麼知道『惹內』這個名字的？」

「哇，就在一本《嬰兒與母親》裏啊，它說有一個叫『惹內』的法國人，他是孤兒，很小就被關進監獄，在監獄裏長大，認囚犯們作爸爸媽媽，後來他親生母親要來認他，他拒絕去認哩。他把監獄當家，刑滿後出獄，又故意犯罪關進監獄哩！賈曼，監獄裏面可以看電視嗎？」

「可以，但是沒辦法點播歌曲。」

「鱷魚，你想你會不會生殖？」

「我怎麼知道？我又沒碰過另外一隻鱷魚。」

2

大學四年，我最後一次同時看到呑呑和至柔，是在社長卸任之前的一次全社聚會上，地點在我汀州路五樓頂的住處。十幾個人擠在我狹小的窩裏，打牌的、大吃的、聊天的、喝酒的、睡覺的，互相挨依擠躺著，在冬天的深夜裏喧鬧成一團，非常溫馨。

從頭到尾，我都注意著守在錄音機旁邊負責DJ的她們倆，她們都是狂熱地喜愛西洋音樂的「樂癡」，兩人靠著身體併坐在地上，在彼此交融的默契底下興致盎然地商量著播放順序。我永遠記得每當她們宣佈要播放的下一首歌曲名稱時，她們熱心且七嘴八舌地向大家介紹歌曲的內容、風格和掌故，聲音激動、眼神發熱，充滿對生命的熱望。彷彿這音樂將她們倆的內在緊緊黏在一起。

她們並不特意排除他人，但在人羣間卻自然形成一塊毛皮中最柔嫩的部位。那可能也是她們彼此傍坐，依循著往昔的相處，最後一次共享音樂……

人們漸睡，吞吞輕彈著key board，久未見面，兩人的尷尬顯露出來，竟不知如何互訴近況。至柔只是用深冷的眼看看吞吞看看我，披著外套，走到窗邊癡望著沈靜圓黃的明月。

這樣的一張咖啡色系相片，我很寶貴地珍惜著，時移事往多年，沒有人可能再談起想起，我還偷藏著。因爲我是她們這段「美好」感情的最後見證人，而關於這兩個女孩的記憶，以似乎是代償我內心缺憾的完好典型。

從此以後，她們兩個的記憶是分開，各自在我的大學生涯裏發展的。每當遇見其中一個時，她們儘量不願再提另一個人的名字，但時間再久，我總能看見深埋在她們彼此心中對對方結成晶的思念。而我也總是在我心中，將她們各自和我的對話拼合起來，彷彿她們倆還在一起生活著成長著，並坐在我的心房裏共同如往日般地高興對話。

她們倆和我的情緣都深，且一開始就彼此投緣，即使她們分開後，還是各自付給我無垢的信任，無論何時，單獨與她們任一方碰面，總是自然而然就把內在的堆積物向對方掏挖個乾淨，然後再坐在一起盡情大笑，彼此在語言遊戲上過招，調侃對方。即使在我與她們的友誼維持零星卻長達一年，在這中間我完全隱藏住自己而給予她們關愛，她們還是以最溫柔的眼神注視著我，以最眞摯的話語傳遞她們的信任。

所以，二十歲生日過後，除開夢生和楚狂自然地就透悉我的隱藏之外，我決定不計後果，勇敢地面對這兩個女孩，從我「照顧者」的面具底下走出來，向她們展現我內心的眞實狀況，無論那之後，她們是否如我每夜夢底所恐懼的，因此而唾棄侮辱我；或是認爲信任我反而遭受我的欺騙；或是忍耐著不知如何看待我的尷尬與防衛，同情地勉強自己同我說話……由於她們自己伸向我的信任基礎，使我開始蠢動著想從監牢裏翻出去與人剖腹相見的渴望，這在過去是要被我趕盡殺絕的，我決定要試著信任一個人類——不涉及情欲，以平等的眞誠了解與關懷爲前提，建立趨於完全信任的關係。

爲了這靈光閃現的念頭，我知道必須把自取其辱的挫敗下場全擔起來，然而這也正是一個重要的轉捩點，敎我學會信任世界的第一步。這麼一小步的摸索，之於別人可能是與生俱來的，之於我，卻猶如原本看得見的人，突然失明後，重新學到持著拐杖在人行道上觸到第一塊導盲磚。

後來，這兩個小女孩都長大爲嫵媚動人的美麗女郎，也各自與愛她們的男孩子們發展出迂迴曲折的戀情，兩人永遠不再見面，卻都深刻地銘記著，在人世間她第一個與之相愛的是個女孩。而這段最鮮美，眞醇的感情，她們也同時承認是不可能再往復了。因爲歲月是如何催著她們往一個渴望男子且不適合再愛女子的方向演去。

有一天夜晚，我又不期然地遇到至柔，在校門口的地下道入口。

「喂，你不認得我了嗎，拉子！」她手裏捧著一束花，攔住要回家的我。

「我說是誰啊，自己每隔不到一個月換一次髮型，叫我這個每隔半年在馬路上被你攔下來一次的人，怎麼有本事認出你來？」我驚魂甫定地說。

「閒話少說，我正趕著要到活動中心去獻花，獻給一個拉大提琴的男孩子哦，」她調皮地向我眨眨眼，「快把你的新電話號碼招出來，我猜你又換一個新窩子。」我覺得好笑地點點頭，念一串新的號碼和地址。

「你也不想想看，光是我這本電話手册，拉子那一欄的號碼排滿一整頁了。」她邊記著號碼，邊假裝生氣地駡我。

「你要號碼幹嘛，我又從來沒接過你一次電話。」我質問她。兩人就站在人來人往的人行道口像是對駡起來，她靠在紅磚道旁的欄杆上，頭髮比半年前也是在路上遇到時稍短燙得更捲，她穿著一件黃褐色像粗布般剪裁寬大及膝的衣服，底下是一件緊身黑條紋的韻律褲，雖然感覺像罩著一件慵懶的睡衣，但她身上無論如何卻總脫不了一份舒適瀟灑脫的女性性感在其中，使人稍想起她的女性就輕輕地有些自持起來。

「我眞的曾打過電話給你，一次是在一個無聊的淸晨，突然想起你這麼個人，一次就在最近，因爲我姊姊失戀鬧自殺，我看守她有些感覺，可是兩次都撥完就掛掉，眞的嘛！」她撒起嬌來有特別吸引人的魅力，叫你不得不被她說服，除此之外，即使笑，她臉上都是佈滿憂鬱的。

「好，我去牽腳踏車送你到活動中心，路上咱們還可以再說一段。」每次那麼匆促地與她擦肩而過，匆促地彼此全身上下看看對方，匆促地掌掌零碎時間進行交談，每次這個女孩子都會勾動我最深處某種心疼的感覺，彷彿我是她的親人，自動地想去關懷她，覺得自己要告訴她這個階段的人生苦難可以如何面對，而我正可以深深了解她。

這樣的關係是極微妙的，我跟她之間彷彿有種微妙的默契，彼此都不會跨躍雷池一步闖進對方的實際生活，增加友誼的量，謹愼而節制地維持在萍水相逢之交，在萍水相逢的瞬間又彷彿可以放肆地綻放對對方的感情，坦胸露背地痛快講話。就在萍水相逢的瞬間累積巨大友誼的質，永遠不知下次何時會再見，感動莫名地分開。並非由於與人交往的負擔，使我們保持這般的距離，而是存在她心中有某分獨特的矜持，這份矜持使她初步得以保衛自己，免於被她對別人強烈愛的渴望所壓垮。我明白她尊敬我，把我當成撿到的兄長般，由於處在相同的生命情調裏可以深談，生命內涵可以相切合，卻不願更靠近我，以免依賴上我。

「拉子，你說人要怎麼改變自己？」至柔略爲大聲地問我。我載她到活動中心，她把花託大提琴的朋友交給他，拉著我又跑出來，坐在文學院大門門廊下。

「那要看你要改變的是什麼囉？看是要隆乳還是縮小臀部？」

她狠狠地瞪了我一眼，從我身上搜出煙，自己再貢獻出啤酒，倚靠在柱子上用迷濛的語氣，吐著煙說：「拉子，你相不相信我昨晚正式和一個男人分手，一個完全不了解我的男人，更神的是你相不相信我竟然能和這個男人在一起一年了。每到星期日八點就打開電視坐在那裏看『鑽石舞台』，不是這個節目低俗，而是他看那個電視的樣子叫我無法忍受，電影他除了成龍的戲以外幾乎在電影院裏待不下一個小時，所有的時間他只關心一件事，讀他化工的教科書。

「他很聰明，寫得一手好字好毛筆字，鋼琴彈得很棒，可是這些東西他都視之爲無物，只有對他有用時才拿出來炫耀一下，像是他的附屬品一樣。他從頭到尾是一套功利的想法，且還活得頂自在驕傲的，他幾乎把他一生的時間分分秒秒都計劃好了，連我也計算得好好的，他就是需要個老婆，他想像中的愛情就是這樣，他會疼我，在食衣住行上，反正他也不會變心，在他讀書或工作累了時，就把我叫來做愛，然後他滿足地睡覺，偏偏這個人的這個部分又特別發達（笑）！

「我說要分手，他覺得我在發瘋，照常強迫我去。拖了好久要走，拉子，我怕一個人，怕找不到一個人可以抱抱我的身體，很卑鄙吧？昨天，我看到我姊鬧著要自殺的那個樣子，我骨子都涼了起來，我想以後我也要這樣嗎？一口氣在三更半夜衝到他家，翻牆進去把我寫給他的信偷走，哭著把信燒掉，心裏像把他乾脆地剁成八塊一樣，現在爽快了，我才發現我有多恨他恨自己。我怎麼會是這樣的人呢？」她誇張地笑著說，幾度講到聲音沙啞又高昂起來，在痲木化的悲傷裏不自覺地會被興奮引誘。

我閉著眼想她翻牆時慓悍的樣子，雨細細地飄起來，我把皮外套蓋在她身上。算一算，吞吞不算，她上大學兩年，連這個已經換掉第三個男人了。至柔是個藝術天份奇高，性格又極端複雜的奇女子，在學校裏她很容易就成爲視聽社第一把女吉他手，又在話劇社裏醉心於演戲，在舞台上表演角色幾乎成爲她大學生活的新鴉片。這兩年她習於站在舞台上，風韻更是出落得繁複精緻，千變萬化，無論同性或異性都很難抗拒，在哪個眼神裏迷上她。使我不禁想起吞吞所說的：

「拉子，至柔眞是個神祕的女人，她的心靈像長在針尖上，她似乎可以陷溺在一塊狹窄的牛角尖裏，然而光那個牛角尖就深邃無比，你永遠挖不完她腦袋最裏面還有什麼？她冷得像塊冰，又熱得像團火，兩方又絕不衝突，高中那時我怎麼也想不到她怎能以那麼含蓄的方式這麼大膽地跟我相愛。

「我們誰都沒有勾引誰，只是時機到了，自然而然就同時愛上對方，我們心裏都有數，這跟友情是不一樣的，但是我們才不管那到底是什麼東西，也不覺得有什麼不好，每天都很興奮地等著接下來還會怎樣，像兩個好奇的孩子。本來我跟她完全不熟，在班上我功課算中等，以愛玩見稱，印象中她很安靜很用功總在前幾名，有點怕她，生物實驗比賽時我很想參加，知道她實驗做得好，竟然厚著臉皮去拜託她跟我同組，一起參加全國比賽，眞是瘋掉了，快聯考她竟然答應我。

「就這樣，有一天做實驗，兩個人一起看刻度時，我跟她說：我覺得你眼睛很美，那一刹那，我知道我得救了，長久以來我一直恐懼自己沒辦法愛上任何人，那一刻觸及她眼睛後，就隨時隨地等著再看見，每天到學校去都像要去快樂遠足一樣，我好感謝她，把我從一個人裏放出來。

「正式比賽前一晚，我們倆一起南下住在成功大學的宿舍裏，擠在同一張床上，起初兩個都很緊張，我側著身拉住床把，兩個人都不敢碰到對方的身體。最後我忍不住問她：你的個體距離是多少？兩個人都笑出來，結果睡得好甜蜜。

「第二天，我們倆做的實驗果然奪得大獎，長久的奮鬥終於吃到果實了，兩人激動得又叫又跳，開香檳慶祝，互相噴頭髮……」

至柔喝酒嗆著喉嚨，又學小瀛三抽煙的樣子逗我笑，突然嚴肅地對我說：「拉子，我一直記得很久以前你對我說的一句話，你說：『健康的人才有資格談戀愛，把愛情拿來治病只會病得更嚴重』，我很清楚我正是拿愛情在治病，百戰百敗，可是就無法甩脫這個方法，我可能永遠達不到你說的那個方法。

「這種東西對我而言太容易來了，你可能難以理解，在我的周圍男人女人都要我，不要比要更麻煩更費力，每次跟了一個人後，我心理彷彿有本帳本盤算著可能在一起多久，正熱情時已想像好逃走的景況，從頭到尾都是我在自編自導自演，要不要其實決定在我。

「就是這樣，我彷彿仍要強迫自己進入愛情，那讓我起碼有個人可想苦惱也有實際的內容對象，沒有愛情的日子，我簡直不敢想像？我軟弱我活不下去……

「你知道嗎？大學這幾年，我每天睡到很晚才起床，總趕不及上課，發呆一整天，然後走路出門，經福和橋到什麼地方，再散步回家，還是走在福和橋上，每天我總是覺得福和橋上起霧了，我每天就這樣在霧中行走，恍恍惚惚地，似乎從沒看過半個人……

「我怕透了，不知道這樣走到什麼時候，有時候走著走著我會幻覺自己正走進橋邊的大河裏，只有突然清醒過來後，渴望著快走到橋盡頭能看到或聽到最近生活在我旁邊的『那個人』……

「有時候我想，如果沒有隨便哪個人在『那個人』的框框裏時，我可能會在霧中飄了起來。

「我的生命到底哪裏出了問題？無論我怎麼拚命塡，還是跑不開那片無邊無際的空虛。我想空虛就是我的影子，其實愛情雖然帶給我如此豐富的痛苦，但它不是問題的主角，只是我手上的一隻布袋戲罷了……

「我的破洞好大好大，歸根究柢，誰也滿足不了我，跟男人在一起時，看到靈魂美麗的女人就蠢蠢欲動，跟女人在一起又不行，想男人的身體想得要死。唉，活該我跟這樣的男人在一起糟蹋自己！」

至柔酒量不好，很快就臉紅通通呼吸濁重，講話表情變化極大，一會兒露出震撼我心靈悲沈無言的痛苦，一會兒又顯得天眞快樂，理性漸退，她的眼神舉手投足間都自然流出一絲淫蕩的味道，我一點不以爲忤，絲毫無損她在我心中尊貴的印象，只是有點擔心她會突然掉衣服，淘氣地勾引我，此時呑呑的回憶又響在我身邊：

「隔不了幾個月她就要轉到文組班，那一陣子我們每次抽座位都故意抽在一起坐，我每天回家都要準備好一個笑話，認識她之後我才發現她眞是音樂癡，認識音樂之廣的恐怕全班只有她一個，她高中時就不聽流行音樂狂迷『新音樂』了，爲了跟她談話，我也只好跟她從U2開始聽，每天回去把歌詞翻譯出來學會唱，隔天中午午睡時是最美的時候，我就講笑話逗她笑，再唱她交給我的歌，那麼長長的中午我都可以一直注視著她的眼睛……

「有一次傍晚，大家都回去了只剩我們在教室，她說要幫我剪頭髮，天色逐漸暗下來天邊還有一層橙紅的底色，我就乖乖地坐在那裏讓她剪，感受她手指的觸覺，我現在還感覺得到，我們似乎同時意識到想做一件事，我說：等一下，跑去關上所有的門窗、關燈，然後輕輕地……我們就這樣給了對方我們的初吻……」

我深深地看一眼正把頭髮伸出屋簷外淋雨的至柔，她的側影被水汽湮得異發亮麗，我以嚴肅的口吻對她說：

「至柔，我要告訴你一件事，這件事不久前我已經告訴吞吞了，但卻一直隱瞞你，我……以前我在談話間告訴過你的那樁悲慘愛情故事，對方其實是個女孩子，我騙了你，對不起！」

她停了一會兒，突然轉過身來，變得清醒，用極溫柔的眼神看著我，至今想起來心仍似要溶化般，情不自禁地熱烈摸著我的頭髮說：「眞難爲你了，哪！說出來有沒有好一些？」我點點頭，心酸得抬不起臉來，「這有什麼好對不起的？只差一個部首，只要把你說的之中『他』換成『她』就都一樣啦。更何況我跟吞吞之間的事也有難以向你啓齒的地方。」

她原本蹲到我面前努力要注視著我難受的眼睛，那是傳導眞情的表示，很快又墜入回憶，兩眼空茫地注視前方，「分到文組班之後，我和吞吞簡直陷入瘋狂的熱戀之中，每天幾乎形影不離，她乾脆住到我家來，我家三個小孩獨自在台北，住在一間大房子裏，各管各的，哥哥姊姊就像陌生人，我和吞吞一起睡覺、彈吉他、聽音樂，不太念書的，一起洗澡……上下學她都陪著我，幫我揹書本，連下課十分鐘都要一起擠在樓梯口，她那時把所有的錢都花在買東西給我上，她畫得一手好畫，親手給我做卡片，手工極靈巧做給我無數小玩意兒，幾乎每天送我玫瑰……

「聯考前，熱戀還是沒有消退，我卻感到恐怖，我自己眞的很愛她，但看到她似著魔似地迷戀著我，我害怕得快發狂，不知道再這麼下去要怎麼辦？那時候我開始意識到——我們畢竟是兩個女人啊！我被逼得失去理智，失去思考，只渴望逃開這窒息的一切一下下，於是沒告訴她就跑到花蓮寺廟，連聯考也不管了，在花蓮，每晚我閉上眼就看到她那雙熾烈渴望著我的眼，我拚命想澆息它們……

「再回來，悲劇已經造成，我發現吞吞因難耐對我的渴望，已接受男人的安慰了，你遇見我們時，我們之間的一切在我心裏早已打碎了。不過我們還常聯絡啊，隔一陣子就互通電話，她向我抱怨被兩個男人熱烈追求，難以選擇的煩惱，我向她描述我現任男友的『那個』有多大多長……」

「胡說！」針對她後面這段既是自我調侃也是自我傷害的說話，我聽了忍不住替她心痛地掉下一顆淚來，又覺得好笑又疼惜她。

雨愈下愈大，我和至柔笑成一團，共同遮著一件皮衣，縱聲大笑又一起高聲齊唱歌曲，聲音在雨夜的校園裏傳盪，我們勾肩搭背跌撞走出去，我踩著腳踏車載她回家，騎過福和橋，一路上她仰頭淋雨，瘋言瘋語。

「要不要我親你一下。」在門口，她又調戲我一次，其實是很眞情的。

「我保留這個權利！」我說。

3

有時，有些悲哀與痛苦的深度是說不出的，有些愛的深度是再愛不到的，它在身體內發生後，那個地方就空掉了。回頭看，所有的皆成化石，頭腦給它訂深度，設法保存，腦裏嗡嗚一段時間後，車化石谷的風景畫也空成一片。

「人最大的悲哀是失去曾經有過最大渴望的欲望。」

一九八九年我和水伶再度相逢後，她就處於歇斯底里的狀態中。她恐懼我，彷佛我會將她吞沒、毀滅、粉碎，我一接近她一步，用我的手觸摸她，她全身顫抖，表情上驚呼不要，掙脫我的手、眼光，我感覺到她是如此厭惡我的親近，爲了抗拒我強烈的侵略，她甚至不惜以尖酸刻薄的話挑剔我的所言所行，盲目非理性地戳傷我，她盡最大力氣關緊她對我的感覺，近乎潔癖般拒絕對我透露，一個人沈迷地獨享，以完全霸道的姿態。

她更恐懼我二度離去，像廢時多年修起的跨海大橋又將二度崩陷，那崩陷的重量是我們想都不敢想的。

她用一捆鋼索把我綁死，另一端則綁死在她的手上，每天必得扯動一下，確定我還在那裏，她才能入夢與我同在。她聲稱無論如何她都不會再放我走，也要我一再向她保證，未來再有如何難堪的痛苦，我都不會棄她而去。

而我是完全不准許見到她、不准以任何方式介入她的生活，連躲在課堂外偷窺她都要遭責備，所有在她現實生活可能有我的蛛絲馬跡，都會威脅她。我只有躲在她精神的特別暗室中，等待再等待，無限等待……

每到夜深的某個時刻，她的手就不聽使喚地撥了我的電話號碼。她常辨不清我是否回來過，她究竟是在跟眞實的我或是我的鬼魂說話，她的精神控制力逐漸薄弱，她說自己是在夢遊，才有辦法跟我說話。

她恢復嬰兒的身分，穿著白色睡衣躺在床上，舉著話筒以冥想的方式跟我在一起。她快樂、興奮地說著，天眞、任性地向我撒嬌，毫無知覺地流露她對我狂瀾般的病態依賴，以爲我們在從前，全世界只有我們兩個人，她自動催眠自己進入那個狀態，彷彿我們之間沒有分離的灼傷傷口，沒有她的新生活，沒有她內在混亂的衝突，沒有別人。直到清晨……

然後，我問及她爲何抗拒我恐懼我，哀求她做選擇，逼問她是否仍愛著我，哀求她不要阻止她靈魂對我的渴望……很快地，她瀕臨瘋狂，她嘶啞地哭泣，哀痛欲絕地說她沒有辦法看見我，說她沒有辦法想像跟我生活在一起，說她恨我以爲她並不愛我，說她不要讓我知道爲什麼否則我又會跑掉……

瘋狂的因子潛伏在她血液裏，病態的陰影層層包裹著她，愈來愈恐怖狂亂的夢境分割她的睡眠，愈來愈多次強迫性洗手……

而我完全無能爲力，只有我完全淸楚她眞實的精神狀態，卻一點都接近不了她，猶如最危險的引爆物，我承擔著唯恐她瘋狂的夢魘，束手待斃。在虐待狂與被虐待狂的關係中，被全然新鮮的悲慘感充滿，飢渴地吞飮點滴愛的毒液。

4

十一月，寒冬正嚴厲，那一次可能是我們最後一次甜蜜的記憶，彷彿死囚行刑前喝下最後一杯甜酒。

她答應要試著見我一次，要跟我去酒店大醉一場，在酒店門口她又落荒逃跑，我追在她羸弱的身影後面默默走了一條和平東路，她才突然可憐我地轉過身，天才般提議我們搭最後一班中興號到清華大學。

我們睡在大學裏的湖邊。在女生宿舍裏，我終於見到她最好的朋友紫明，幾年來她一直陪著水伶度過這些磨折，我是早已在心底熟識且感激這個人，紫明是個樸直眞誠的人，當地就強烈感受她倆之間濃郁的親情，熨貼感動的暖流流過心底。

湖面朗澄，在半山坡上，旁邊是建築新穎的物理館。人已絕跡，空氣裏青草的味道清新地充溢在整片山坡，彷彿還可聞到露珠的味道。

我們倆都被野味山色洗淨了心靈，都市裏的糾葛自然地消失，彼此又裸率地相待，這時往昔熱烈純潔的她，如一朵白色柔弱的小花，帶著幾分稚氣和野蠻，原封不動地從山裏出現，流淌著思念的熱淚，張開雙臂迎向我。

我爲她扣好扣子，穿緊大衣，細膩地鋪好幾層棉被衣物，把她緊裹在棉被裏，她的雙手緊緊緊緊地環抱住我的脖子，說讓我們就這樣一起死去……

5

「我今天傍晚到我們家附近的美容院去把長頭髮剪掉了。」

「爲什麼要剪？」

「我不想要自己這樣，告訴你一個祕密哦！我很討厭我自己……嘻嘻嘻……你們兩個不是都很喜歡我的長頭髮，讓你們兩個都喜歡不到……怎麼樣？我短頭髮的樣子很帥哦，看起來像個精明能幹的……嗯，職業婦女（哈哈）……我才不要你們老覺得我柔弱，說什麼『溫室裏的花朵』……嗯……我的朋友都罵我，說我把一切搞得一團糟……她們都不喜歡你。」

「你頭髮剪了，『她』怎麼說？」

「她很生氣，跟我吵了一架，她可是很在乎這點的，說她再三跟我強調我還這樣做……什麼嘛，有什麼不可以的……你呢？你覺得怎麼樣？」

「是有點難過，不過你想剪就剪吧，我都還記得你高中時短頭髮的樣子，很美的，像個小水兵……很久不見，怎麼再也看不到你的長頭髮了。」

「嘻嘻……我騙你的，頭髮還在。」

澎湖的海風呼嘯，浪凶猛地拍打岩岸，一切都彷彿要被連根颳走，燙傷後我獨自逃到澎湖，孤坐在長長的防堤上終夜。各種聲音……

我打第一夜的電話到水伶朋友家，她們說她大哭大鬧爛醉如泥……是你啊，依依嗚嗚……她們移開她，說她沒辦法講話，身體軟成一癱……水伶，我正在海堤邊的電話機跟你說話，海就在我旁邊……

「昨天我又夢到一個更可怕的夢，我不要告訴你……好吧，你幫我寫期末報告我就告訴你……

「我夢到一隻黑豹，牠要進來我房間，我很害怕，很害怕，趕快把門窗都關好鎖緊，還把書桌推去壓住門，還聽見牠在抓門的聲音，我嚇得趕緊爬上床，拉開棉被，天啊！黑豹就在那裏，皮黑亮亮，眼睛睜得大大的，我在夢裏大叫……

「我再告訴你在公共電視上看到的『刺蝟與櫻桃派公主』的故事……王子娶了公主後，住在森林裏的一座城堡，每天夜裏公主睡著，王子就不在，直到天亮才回來，王子說他去打獵，有一天，王后教公主把王子的外衣藏起來，隔天清晨醒來，公主發現自己睡在森林裏，一隻刺蝟在她旁邊，城堡不見了，而王子變成了刺蝟，王子不敢讓公主知道他在夜間會變成刺蝟。刺蝟跑進森林裏，再也找不到。

「公主決心要尋找王子，即使他永遠變不回來也要跟他生活在一起，公主在全國流浪了十年，有一天終於在一間破屋子裏找到那隻刺蝟，公主俯身親了刺蝟一下，刺蝟變回王子，從此以後，王子和公主過著幸福快樂的日子……」

「不是這樣的，村上春樹說，從此以後，國王和侍衛都哈哈大笑。」

海水深黑無底。兩輛摩托車，從水泥大斜坡滑駛下來，停在我旁邊，四名阿飛站在我一公尺側打量我，意識喪失我如槁木死灰，摩托車的尖銳聲音割人。離開。

……

你爲什麼沒有告訴我就跑去那麼遠……

水伶，我燙傷了，一個小疤，起泡泡，剛剛西藥房老闆把皮剪掉……

你自己燙自己的，對不對……

澎湖很冷很美……

你太過份了。

哭泣。海洋又在流淚了，還是相愛啊！

「你說說看我跟『她』有什麼不同？」

「你比較好看，她嘛，有點胖，嘻嘻……不過，我跟她在一起很自在，她碰我我很喜歡，像在玩……

「我怕你，如果你那個樣子，我會非常討厭你……」

「嗚嗚……，你不要都不講話，我好害怕你這樣。我也不知道我爲什麼要這樣刺你，我好害怕把你刺得爛爛的流不出血來，不要把你刺死了我都不知道。」

「一定要這麼刺我，才會安心嗎？」

「我怕自己開門讓你進來，可是我知道你睡在門外，又忍不住不開，所以只好告訴自己說我開門，是要用長長的刺刺東西，把你刺走開。」

「沒關係。我沒辦法說出你不要跟別人走的話，我一定會說沒關係，眞的我沒辦法。」

「我知道。」

「你都疼別人，不疼我。」

「傻瓜，我不疼你，因爲我愛你。」

巡邏艦在海面上打出青藍色的燈。在遠方。不久前的事，千萬個聲音在我腦中。

「現在能自然地感覺到和你很近是由於過去的基礎，其實，現在的你對我卻是陌生而遙遠」，水伶說。

一遍又一遍，不要再撞擊我的腦袋了。饒了我吧，水伶，我生病了，我得做點什麼來停止這種四分五裂的痛。

燙吧，燙吧，把我的心肝都燙焦吧，這是個可惡的活著……木屋別墅暈著暖黃的燈。在最近。

「我心疼你。」她撫摸我的傷口。擁抱是一首長傷無淚的離歌。

6

兩個月，就從頭走一遍，且是另一遍。

從澎湖回來後，已是強弩之末，困獸之鬥，兩隻垂死的獸無法互舔傷口。

水伶明顯躲著我，不是由於不愛，不是由於鬆開手，是怕再聞到我身上的血腥味，她努要自我欺騙說愛沒有變成一塊生蛆的腐肉。她反而更振作起來生活，把我這塊腐肉踢出她的現實視野，更精神地跟別人同進出。沒有電話，沒有隻字片語，而我只是寫信，一封接一封，我知道我的情歌不再能唱幾日，我拚命唱到啞，像在爲她囤積未來的食物。

默默地默默地，我猜到她對我的神經已經完全痲木，她拒絕崩潰。因爲她以爲她還可以在這種狀態裏找到一條挾帶我的路，她在發揮理智。

在理智底下是徹底淪陷的瘋狂，等待過聖誕節，等待過新年，她用更冷漠的手法拒絕我的相見，直到任由我被冷漠的高壓電電死。她毫無知覺，一切由於無助。

「對不起，這麼晚還來打擾你。我只是想把日記親手交給你，因爲我曾說過，若你不要我我就把日記送給你再走。

「這本大一的日記是我現在僅剩唯一能給你的東西了。現在我不是你所要的，你只愛過去的我，所以即使現在的我想愛你，只有把我僅存關於過去我的東西送給你。」我跪在她房間的床邊，多日沒睡，虛弱得聲音在發抖。新年的隔天。

「不要……不要……」她躺在床上，床鋪在地上。剎那間，她表情驚愕，猛烈搖頭，彷彿不堪負荷的晴天霹靂，把頭深深地別過去，聲音沙啞，不敢看我一眼。緊緊把日記本抱在懷裏。

「我想，這一陣子，你心裏早已有了答案，只是不敢說出口罷了。你一直保持沈默，什麼也不告訴我，太長的等待使我受苦太深，我只好使用自己的方法，在心裏等待一個自己的答案，無論你是否承認，那就是No，對不對？」我理直氣壯地說。

「對、對、對，你都對，是我辜負了你！」她轉過來用憤怒的凶光瞪視著我，兩行淚委屈地潸潸流，「爲什麼你變得一點都不了解我？」

「我了解。我了解你是因爲太愛我了，才這麼變態。我了解，打死你都不可能說出叫我走的話，即使是事實擺在眼前，你仍要逃避事實，像駝鳥一樣拖過一天算一天。我太了解，依你的性格，你對我的恐懼只會愈來愈深，你看你不是愈來愈怕看到我了嗎？」

她無奈地點點頭。

「讓我們分開吧，事情不會好轉了，那是個死結。再下去三個人都痛苦，總有人會先受不了。我才不要再做出什麼傷害自己的事，讓你把No說出口羞辱我……」我表面上說得強硬，其實是弱者在乞憐。

「好，我說。這一陣子，我確實想了一些東西，因爲你們所有人都在逼我。可是我要忍耐住，不能對你說什麼，每天我都很渴望跟你說話，可是我怕一不小心稍微露出一點什麼訊息，你就又要逃走，所以我要想清楚怎麼說才告訴你，讓你完全能懂。」一份令我陌生的堅毅神情浮現在她臉上。

「你又跑回來之後，我想我是對你很壞很壞，我也不知道自己在幹什麼？我把應該是給你的很多愛全部拿去給別人，對別人很好很溫柔，然後虐待你，我像是糟踢我自己……」她開始無助地哭出聲。

「你不知道，我有……」她停頓了一下，勇敢地說出，「我有多愛你！可是不是這個你，是大一時候的你。我也不知道差別到底在哪裏，有時候明明就是你啊，那時候我就想要快快奔到你身邊，把過去來不及給你的一切都給你，我要好好愛你，可是一會兒又變成不一樣的兩個人了，看著現在的你，對啊，就是遙遠而陌生，天啊，我該怎麼辦？我僅僅是憑著過去的記憶在和現在的你相處，我不敢告訴你，現在的你對我是個『全新』的人。」

我早已趴在棉被上泣不成聲。

「你爲什麼要跑回來？我已經把你在我心裏放得好好的了，你爲什麼又要來弄亂，我要一輩子愛你的啊！」說到激動處，她歇斯底里起來。

「我要刺你，不要你親近我，因爲你會把我心底的你弄壞……」她彷彿不認識我，含恨注視我，「我絕對不讓你把他弄壞，誰都不准把他弄壞，他是我一個人的，你把我丟下不管，一個人跑掉，我只有他，他是我自己新生出來的你，是最好的你……」

她露出得意的笑聲，「我求求你不要把他打破……」她歇斯底里得更厲害，像個小可憐一樣向我合掌拜求。

她說到這些我確實不知道的衷情，如此深澈，如此纏綿，如此癡心！感歎這個女人的心思宛如鸚鵡螺般細致縝密，她把她幽婉的愛如海蚌養餵珍珠般地含納在她體內，而我竟無福消受，夫復何言？

「爲什麼我會弄壞他？」我忍住傷悲，小心地問她。

「我不喜歡你碰我，我們兩個是要純精神的，必須，」她幾乎是用一種斥喝的聲音在說，微妙的自尊被戳傷，我的心腐爛成一片。

「不要難過，唉！我以爲你要的是純精神的，我以爲你是因爲不要這個東西才痛苦地逃走，紫明說只要那個人離開你的理由是因爲愛你，你就會永遠愛他。就是這樣，我早已決定要永遠愛你，是那麼深，眞可笑，所以我整個人都變得跟你一樣，我繼承了你，你知道嗎？

「可是，你現在又跑回來說，你克服『性』的問題了，你不要柏拉圖式的關係，過去的你不是我以爲的那樣，我卻已經是這樣了，我也不要你打破我心中的神像，那樣我就什麼也沒有，我只會恨你！」她的表情、眼神、聲音裏都傳達一種極溫柔的殘酷，我終得以眞正與她自虐性的底蘊對決。

「我眞的長大很多，不再是過去的小女孩了。我們來談『性』吧！我從來都不覺得性有什麼不好，我也覺得她很美，跟別人在一起時我可以自然地跟別人有親密的身體接觸，跟你就是不行。不是因爲你是女孩子，不是因爲性本身，也不是因爲我不渴望親近你，就因爲是你啊……」她的眼神有力地在發光，這番話可能是她最勇敢的一次。

「不要再說了……我沒辦法跟你談這個問題，只要想要跟你說我就痛苦無比……」這是最屈辱的時刻，那份屈辱從隱藏在極深處鑽出來，在我的血肉裏像毒蟲一樣鑽動，我再也堅強不過，悲淒地哀嚎起來。

「我知道這對你太殘忍了……你是那麼強烈,像一團火在燒,難道我不知道嗎？你簡直要把我燒成灰……我現在在這裏，也是因爲你把我帶進來的，全都是你，你怎麼可以丟下我不管？」她抱住我。安慰我。

「我何嘗不想做個了斷，跟你在一起，我已經三次跟『她』說叫她不要再來找我，若不是你永遠都這麼不安定，這些日子以來你仍然不能叫我信任你會一直在那裏，否則我原本是要跟著你一輩子的，唉！」她擦乾我的眼淚，親吻我的眼睛，像個虔誠的教徒。

「雖然我也愛『她』，她一直對我很好，這是一個全新的關係，我可以照自己的意思去經營它，她是一個會一直在那裏的人，我沒有理由傷害她。可是這一直不是主要的原因，關鍵只在你……我就是沒辦法想像跟你生活在一起……你去找一個可以在生活裏愛你的人吧！」

她的哭聲又劇烈起來，一種溫習太久的絕望感從她心底爆發出來，我更體驗到她受的是什麼樣的苦。

「我找不到了，我找不到一個比你更愛我的人，我只要你。」

「可以，一定可以，你這麼好……」

她聲音漸漸微弱，眼睛紅腫，哭累了，疲倦地躺下來，要我說話給她聽。我說我要去歐洲，等她以後來投奔我，那時候她可以帶著她紅橙黃綠藍靛紫各種膚色的孩子來，因爲她曾要各種膚色的孩子各生一個，到時候我們就會有一個美滿的家……

她微笑地睡著，像個紅蘋果。偶爾半睡半醒，拉我的手，又像個孩子一樣要我答應不離開。

我最後一次看著她：柔軟的長髮散在棉被外面，淺藍色日本和式睡衣，勻稱修長的身體，白皙溫潤的皮膚，獨特的淡淡香味，美麗淚痕的臉龐，閉著一雙靈動的眼，手裏捨不得一本日記……。新年快樂。

帶著這些。我輕輕轉動門把，關上門。踏著黎明的曙色，我永遠永遠地離去。眼鏡忘了帶走，像瞎子般我在清晨的街頭摸索著走……想要回家。家。

第七手記

1

我生命裏有許多重要的意象，它們都以我不曾料想過的重量凝結在那裏，在我生命迴廊中的某個特殊轉角。但是我從沒跟這些意象裏的重要人們告別或道謝過，我就是憋緊嘴賭氣地任他們滑出我的迴廊。

2

在這個手記裏我要講三個人，這三個人在我大學最後一年，那個生命如廢鐵爛泥的階段，和我產生深刻的關連，憑著他們人格的特殊處，爲我的生命注入某些強勁有力的東西，在他們身上我看到某些難以言說的人性莊嚴。在那些人性與人性深深交會的時刻，那份強勁與莊嚴的體驗，使人與人間的關係超乎愛欲與個人命運，在那之前只有感動，只有默默流淚，像赤子一樣流感動悲憫的淚……而心靈的苦難唯有眞心哭泣能獲得再生存下去的尊嚴。

夢生。半出於惡意半出於善意，半顯得眞誠半顯得遊戲，這個狂徒主動和我有比較親密的交往，在二度離開水伶後的一段時間。直到現在我仍然不明瞭他的動機，或許是爲了拯救我免於自毀，卻又似乎要將我推向更徹底的墮落。

我決心要改變自己成爲一個眞正的女孩子，在呑呑的鼓勵下，我做了個重大的決定——再也不要再愛上第二個女人，追求一份正常的幸福。跟過去的我一刀兩斷。

長長的成長歷史，我被一種無以名狀的內在本性趨策著渴望女性，無論這份渴望是否實現出來，我總是因著這份渴望飽受折磨，渴望與折磨像皮膚的表裏兩面，我從來都確切地體會著「改變食物」對我是虛妄的道理，被囚在內在本性的煉獄是無路可逃的。這一次，跟自己一刀兩斷，在我腦裏變得可能，且我做起來竟如此輕鬆簡單。那一段時間我彷佛失落靈魂，我不再思念任何人，觸目驚心的歷史片段也極少干擾我，前面超額的悲傷重量，反而使我輕飄飄起來，有一個指示出現在我腦中——我可以隨便活著，我被允許做任何事。

在這種狀態底下，我變得放浪，我尋求一切刺激，我製造出各種可能性，即使它們如何短暫，瞬間消逝。我每晚都都到外面遊盪，餐廳、舞場、酒吧、或哪個新結交朋友的住處，我同時接受男性的追求，以極大膽又曖昧的態度在身體上誘惑男性。

夢生是其中一個對象。他很敏感地發現我有重大改變，穿著打扮女性化，言行舉止散發出女性吸引異性的味道。他沒有追問，改變了一種憐香惜玉的態度對待我，每隔幾天就來看我，而我也等待他，像是約會。我心裏雖然希望自己快愛上哪個男人，夢生卻只讓我覺得好笑，像個心照不宣的詭計。很久以後，回想起他那時的眼神，所說的話，才醒悟他是試著在愛我，無論他的動機是什麼。

「喂，如果你找不到男人，歡迎你以後來找我。」夢生說。在我生日那天，他強拉著我到校園裏，說要陪我大喝一頓，爲我慶祝生日。

「夢生，你也覺得我該找個男人嗎?」那是四年裏唯一一次有人陪我過生日。在夢生做起來像是那麼一時興起的事，對我卻是感激在心頭。

「我什麼也不相信，你們這些人眞可笑，費那麼大力氣要讓自己變好，什麼才是好?你們都說我對自己沒盡力，才會糟成這樣，可是你們哪裏知道，我爲挽救我的生命所做的努力是你們的一百倍，現在我才不做任何努力呢！你懂得什麼是心理學所說的Helplessness嗎？我喜歡我現在就是這樣，隨它去糟看能糟到什麼地步，最好糟到我有感覺，有力氣可以了斷自己。」夢生嬉笑著說。他把他做的一首曲子送給我當生日禮物。

「不過說眞的，你可不能比我早死，你死了我會更無聊，你可要好好爲我活著。」他把手按在我肩上認眞地說，眞情純度使我們共同融在深深的了解裏。他突然說「實在應該跟你做一次愛當成生日禮物才對！」

「好啊！」我欣然同意。在那個瞬間，「做愛」這件事在我們之間，似乎已完全喪失任何禁忌性或任何情感衝擊的意味，甚至也不代表犯罪的享樂，只是純粹他要送給我一件難得的禮物般，有奇妙的信任在其中。

校警的巡邏車經過，我們躲進一處隱蔽的草叢。兩個人都寬衣解帶後，我毫無感覺地躺在地上，只覺得瘋狂。夢生突然大哭起來。

「你別虐待自己了，你根本不行的！」他大吼著說，彷彿那是他自己的悲劇般聲嘶力竭。我第一次看到他在傷心。

醍醐灌頂，乾涸的大地在龜裂。這個不羈的狂徒在爲我難過，我感覺自己是多麼愛他。對我自己的感覺是完全麻木了，我不很明白到底發生什麼事。一個遙遠的聲音從遠處飄來，遊戲結束了，沒用的。

3

吞吞。她是我第一個伸出手求援的人。如果我在大學時代有學到任何關於活著的東西，是頭朝向與自我破滅相反的，全要感謝她。

「吞吞，我現在可不可以到你家？我還是和水伶分開了，現在我覺得自己非常危險，不要一個人待在家裏！」深夜十一點，我發出求救的訊號。

「好啊，快來，我等你！」傳來電話那頭關切的聲音。

搭計程車趕去她家途中，有關現實的許多記憶，在我腦裏手牽手繞過……我和吞吞的關係，在一年多裏由於許多重要時刻，她都陪著我度過，像麻繩一樣愈編愈粗。多少個徹夜長談的夜晚，多少次身陷泥沼時，我只想到她那個溫暖的房間，聽她說說笑話。多少個重要時刻剛好她就在我旁邊……

燙傷自己，前往澎湖之前，正在狼狽地收拾行李，吞吞突然來按電鈴。她像往常一樣，眞誠聆聽我訴說完我的感受，試著以高度的智慧將我導引到較開闊，希望的方向，努力不讓我感覺生命毫無轉寰餘地。那時她來告訴我，她決定要休學，好好把失眠的毛病治好。雖然她自己也處在麻煩的狀態中，她仍然能憑著天生幽默、明朗、具有特殊穿透力的個性，衝撞開我的絕望。

她送我到松山機場，叫我要活著回台北。走進剪票口，回過頭看她，殷殷的擔憂還流露在她臉上，在我眞實的精神世界裏，只有她是唯一的親人，站在那裏，代表著向我招手的現實彼岸。其他人，水伶、夢生、楚狂、至柔……都像幻影，他們和我站同一邊，吞吞站在另一邊……

「吞吞，還是像個廢人一樣，這麼多年了，爲什麼我沒有變得比較好？每次花那麼大力氣蓋起來的生活建築，一下之間就全垮了，『眼看他起高樓，眼看他宴賓客，眼看他樓塌了』，然後一切又要從零開始，這個世界眞吃人、眞可惡。」

「你太疲倦了，先躺下來睡一覺，明天醒來世界就會不一樣了？」吞吞的房間在樓下，她的家人都已入睡，她躡手躡腳地爲我泡牛奶、切水果。

「你要再搬家嗎？」她問我。

「嗯，明天就去找房子，最好明天就搬，再住在那裏，我會瘋掉，光一想到她是不是可能會再打電話來、寫信來或是來找我，就夠我受的囉！你就是會難以控制地在心中等等等，光是強迫性地開信箱、接電話，就可以把我的手弄斷！」

「你再搬，乾脆我來利用你做房屋仲介入好人，每隔幾個月你空下來的房子，我再介紹給別人，抽取佣金好了。」

「那你何不連我也一起仲介，在廣告上附加：每週日晚間有特定小姐陪睡？」

「那可不行，因爲你不會避孕。」她笑著說，「你今晚最好把你現在這個家的電話號碼背熟，上次你自己要跟原來的房東討押金，還打電話來問我你上一個家的電話號碼，才隔一個晚上吔！」

「你失眠好一點了嗎？要不然利用晚上的時間來做『家庭手工』賺錢好了，什麼削蘆筍啊、剝橘子啊、補漁網啊……」

「對啊，還有繡荷包啊，」她接著說，「嗯，休學是對的，我現在作息很規律，差不多十一點就上床睡覺，睡覺前做一下瑜珈，躺下來如果又感覺到寂寞之類比較不好的感覺，我就一直念大悲咒，我媽媽教我的，慢慢地就會覺得心裏很平靜，很想趕快進入夢裏，做很奇怪很好玩的夢。我在師大分部那邊學瑜珈，每週一、三、五，學瑜珈眞棒，我以後一定要一直練上去，練成瑜珈行者。」

「瑜珈跟佛教裏的修行方法有什麼不同嗎？」

「瑜珈很開放，它不反對性，性也是瑜珈的一個方法哦！那個反對性的宗教都是後人造成的偏差，佛陀是不反對性的。多棒啊，拉子，我要跟A一起去練瑜珈，以後可以成立一個傳道中心，專門教人家怎麼達到性高潮，在眞正的性高潮裏可以有宇宙感。」

「好啊，你一定會上電視的。那動物系怎麼辦？」

「唉，也是滿煩的，科學好玩是好玩，可是也滿無聊的。你花那麼多時間讀那麼多枯燥無味的東西，我想起你以前說的像在『挑磚塊』，有些學科簡直就是吃木材嘛，然後辛辛苦苦才得到一點有趣的東西，到底什麼時候才可以從生物的研究知道人的靈魂……不過，因爲我是保送生，我們系主任很疼我，前天我去辦公室問復學的事，跟系主任坦白說我失眠的狀況，他長得好像菩薩，跟睛難過地看著我，害我忍不住哭出來，他就像爸爸一樣抱著我，拉子，我要趕快去勾引他，他一定很喜歡我。」她興沖沖地說。

「好啊，勾引系主任的事多棒啊！只要不要懷孕。」我也煞有介事地說著。

「這不擔心，我知道十六種避孕的方法，我還敎我我媽咧！」她得意地說，「拉子，我們不要念書了，我們去做生意好不好？」她又開始頑皮地使怪招，「我爸買了一台『勝家』縫級機給我，我好喜歡縫東西喲，現在每天都坐在縫級機前踩出穩定的人格，我給自己縫了小皮包，還給家敎學生縫一個鉛筆盒……」

「天啊，連縫級機都可以踩出穩定的人格？」我咋舌。

「你看，這件睡衣好不好看？拉子，我幫你做件性感睡衣好不好？」呑呑比了一件穿在她身上的睡衣，白色絲綢做好，薄薄又顯得相當質感，穿在她玲瓏有致的身體上，感覺很雅緻高貴，呑呑在生活方面稱之爲藝術家，一點都不過譽。

「算了，像這樣太露了，穿在我身上變成賣豬肉。」

「對了，我上個禮拜夢到一個夢，我和至柔坐在教室裏，好像在上軍訓，你穿著一件燕尾服，綠色的，到我們教室的窗邊，向我招手要我出來，燕尾服吔，我要把那幅圖畫下來送給你。」

「你看，你的夢多了解我，還讓我穿燕尾服！」我打趣著說。

「好不好啦，我縫紉或用手工做一些東西，然後你拿出去賣。不然，我們一起開公司，做有創意的生意。喂，我不是告訴過你，算命的說我若是走『廢物利用』這條路會大發吔！最近報紙上在登，說有一家化妝品公司，巡迴國際在招收一些願意學習化妝的人才，我也有一股衝動好想去報名。唉，爲什麼還得熬那麼多年，才可以自由去做一些好玩的事？」

「做一陣子生意也好，做太久會變成大便和垃圾。只要有你在，做什麼事我都覺得很放心，我們一定會成功的。」

「欸，我也這麼覺得，我們倆在一起可以做很多事。」

凌晨一點多，兩個人都覺得肚子好餓，她家剛好就在夜市裏，我們併肩散步出去覓食。大搖大擺走在收攤後蕭條的夜市，像黃昏的雙鏢客。

「眞懷念高中時代，那時候我們有『十三太保』，每天都會去做一些好玩的事，生命一直都在動，那時候我好像是屬於羣衆的。現在的生活，整個都被男人綁住，只有愛情，好像沒有辦法再回到羣衆那邊。都是至柔啦，都是她把我從那裏面拉出來的，從此以後就一直都有人會跑進來……」

「又不是有巢氏！吞吞，現在男人們怎麼了？」

「『男人們』？」她拔高聲音，斜看我一眼，「沒有那麼多啦，也不過三、四個，但主要還是A啊。」

「其餘是不是都『備考』？」

「他們自己要來我有什麼辦法？羅智成那句詩啊——『我不知道有那麼多星星偷偷喜歡我』。」她無奈、捉弄地說。

「我眞驕傲我有你這麼個好妹子，你可以跟李棠華特技團比美，兩手各旋轉一個男人，頭上再頂一個。」

「我還可再抬起一條腿，轉動另一個比較瘦的咧。」她作勢要表演給我看。「唉，還不是老問題。拉子，要是能把A的頭腦，B的錢和房子、C的上半身加D的下半身這些都湊在一起，我就不用在這裏『挑水果』了。」

「慢慢來，會有一份統一的愛情產生的。現在實行『養魚政策』也不錯啊！『生命是一種漸行漸深的覺醒，當它達到最深處時，便將我統合爲一』，這是一個哲學家說的。」我安慰她。

「我二十歲生日時一定要做一件特別的事——到醉月湖去游泳！」她說。

回到她的臥室，我又顯得落寞。吞吞說要彈吉他唱歌給我聽聽。吞吞、吉他、唱歌三種東西加起來，不知會勾起我多少美麗的回憶，令我無限欷歔……

首先出現的仍是那幕至柔和吞吞在雨中賣唱的疊影，感歎是極深的，彷彿那個影像就是「幸福」的定義……接著是吞吞他們樂團第一次登台表演時的情景，我跟著興奮，要去獻花給她，晚間七點在校總區的「小福」前面，不是正式的舞台，熱情的學生包圍著他們，吞吞把一件衣服橫綁在腰間，緊身牛仔褲、背心、像個「孟浪」的前衛女歌手，當她在上面一邊彈key board一邊主唱，高吭的歌喉將英文歌曲帶到一個嘶啞的高潮，那一刻我是多麼激動，我方才明瞭我跟吞吞兩個人在深處是如此像，或說我是多麼希望成爲她那樣的人，若論喜歡她眞的是我在這個世界最喜歡的一個人……

「吞吞，我好想水伶……」我變得感性。

「我也好想至柔……」她也跟著孩子氣的哼唉起來。

「吞吞，彈那首……叫Cherry Come To嘛，給我聽。」

「不可以彈這首，我會受不了！以前我和至柔最喜歡的是一個樂團，叫The Smith，裏面五個都是男的，主唱和吉他手是一對戀人，吉他手是爸爸，主唱是媽媽，他們可以笑著唱『我要打落你的牙齒』，有一首歌說『曼徹斯特要負責』，他們長在曼徹斯特，所以用幸災樂禍的口吻說曼徹斯特要爲造成他們而負責……還有一首歌描寫他走在沙灘上看到女孩子要勾搭他，他唱著『She is so rough,L am so delicate』她如此粗糙而我如此細緻……」她邊哼給我聽，表情陶醉在甜蜜之中。

「吞吞，怎麼不再去找她？」我鼓起勇氣追問這個禁忌的問題。

「不要再說了，叫我拿什麼臉去見她？拉子，你要知道，這兩年我已經完完全全變成一個女人了，一切都會不一樣，我不純潔了，不敢再面對她。就讓那個最美的回憶停在那裏，到目前爲止，大概只有那一次是最醇的，只有她讓我不顧一切地出去……」她聲音逐漸微弱，我拍拍她。

「不過，拉子，我相信你會跳過你這個階段的問題的，人本來就是兩性的動物，執著在一個性別上面才是扭曲，你可以把你的陰陽兩性都發展得很好的，那時候你要愛上誰都可以很自在，只要以陽克陰，以陰制陽就好。你太容易絕望了，換了一個角度，一定會這樣嗎？你也要發展你的女性！」

「我也很想愛上男人啊！可是，有太多女人那麼美！」

「『牛啊，牽到北京還是牛』嗯，不過女人真的是又美又神祕，」她也嘖嘖起來。兩個人像老饕一樣又開始說起女人如何如何美，彼此都忍住不笑，玩老把戲。

「呑呑，我肚子餓了。」我向她耍賴。

「是啊，我眞該去行光合作用來養你。」她戲謔地說。

「那我可以寫一篇小說，叫〈我那行光合作用的妹妹〉。」兩人大爆笑。

那一夜，她讓出她的床給我，自己睡地上。柔軟的被子，極安全極安全的感覺。這一次，我沒向她顯露痛苦的深度，我忍耐著內心殘破不堪，意志散裂開，能量瀕臨破產。有時，親人間由於懷著太深的愛，感情沈重到簡直不敢觸及，那彼此界線崩潰的點，情何以堪！

能在這裏，如此側睡著，一切已經很好很好了。明天我要起個大早，精神抖擻地去找房子。

4

小凡。這個大我五歲的女人，在最後進入我的生命，將我的命運推進到較水伶更深更荒僻的點，爲我支離破碎的青春期動縫合大手術，從此以後，我有一張完整的臉，長滿縫線的臉……她成了我臉上的縫線，我卻只有能力描寫關於她的少許殘缺片段，作爲備忘錄中的重要一欄，寫她的每個碎片，我臉部的縫線成就如同穿在肉裏拉鋸般疼痛……

「唉，想當年我十六歲就被騙離開家。那時候我老媽送我到車站，同鎮和我一起要到台北念高中的要一起搭中興號，我老媽巷在剪票口笑著跟我揮手，車要開了，突然間她在人潮間擠著，眼眶裏迅速湧滿淚，擠到剪票口前，像小孩般無助地哭著，那時我不明白她怎麼這樣，只是很心疼，好多年後才明白。」

我現在都還能聽到和她第一次對話的聲音。我們在同一個機構裏當義工，晚間交班時段大家一起吃便當，我是耍寶大王，在耍寶間放進一些含感情的事。一個坐在遠處角落的女同事，靜靜地吃飯，極少插嘴，她很仔細在聆聽，微笑地看著我們，偶爾插一句，總是插得巧妙，令全場莞爾，聰慧的幽默。她突然接住我話說：

「說『騙』眞是用得好，我也差不多是你那個年紀離開家的，到現在在台北整整待十年，每次長假回到桃園老家，『家』變成只是有一對嘮叨的老太婆老太爺住在裏面，而你有義務要每隔一段時間回去陪他們看電視，就是這樣而已！其實，被『騙』離開家之後，就再也回不去了。」

人與人就是這樣一句話間相遇。我直覺這個比我大很多的女人，和我使用同一種頻率的語言，她可以了解我在說什麼。我開始怕她。

「你的血型是不是A型？」不知不覺，我和她攀談起來。

「我看起來不是不像嗎？我給人的感覺誰也不會猜A型。你從哪裏猜的？」我主動問她話，她臉上沒任何生疏或距離感。親切從容地回答我。

「從依賴感。」

「依賴感？我外面看起來很依賴？欸，你這種說法很特別，我朋友那麼多，從來沒人說過我依賴，我看啊，他們還巴不得我更依賴一點，尤其是我未婚夫。你說說看，我很有興趣。」

「不，不，我要說的這些話完全沒有證據，只是一種直覺。你外表看起來再獨立不過，你知不知道你給我的第一印象是很女性的溫柔，第二印象是乾淨俐落，怎麼這個女人說起話，做起事來能這麼乾淨俐落。你外表就是給人這種感覺，彷彿不需要其他人，可以獨自一個人很迅速又完美地做完很多事，並且用很溫柔的態度，還有一點，你對自己所做的每個細節都要求很嚴格。」

「你說得很對，我喜歡獨立作戰。每當我碰到難關或遭遇挫折時，我只要別人把關於如何解決問題的話告訴我，其他安慰的話都不要說，我會靜靜地聽，然後一個人關起來想要怎麼辦。連我跟我未婚夫也很少說什麼感覺的話……」她當成笑話講，不在乎地，「我跟他怎麼講電話的？他打來，說是我啦，我說我知道，他問我有沒有什麼事，我說沒有，他說那我掛電話囉，然後我說好吧，就這樣。」我可以感覺她話裏藏有一絲心酸。

「或許吧，就因你表現得完全相反，所以A型人的那份依賴感，在你心裏放得很深，因爲你很少用它，它還沈睡在那裏，保持純粹。我有一個朋友認識很多年，她就把她的依賴發揮得淋漓盡致，我對這方面嗅覺特別靈敏。你的舉手投足裏，自然就散發出依賴的氣質，你自己不使用這部分，當然意識不到，其實你獨立得過份了，何不放一些依賴的東西出來？」

「去哪裏找這部分的我呢？我太早就忘了怎麼依賴了！」她說。

5

小凡是我所見最絕望的女人。她記憶著絕望，生活在絕望裏，內在全部發出的訊息唯有絕望。我因她的絕望而愛她，因她的絕望而震動，因她的絕望而被壓垮，因她的絕望而離開。她的絕望就是她的美。

每個禮拜值班時間，我暗暗期待見到她。白天她是救國團的職員，晚上她和未婚夫，以及幾個朋友合開一家pub，每週六下午就來值班。我們搭擋工作，是棋逢敵手的工作夥伴。她值班時，工作過度，來時經常顯得憔悴，我看在眼裏，有心無心照顧她，她對我微笑，疲憊的微笑。

她常問我爲什麼來到她旁邊？我說因爲你聰明。她又問我爲什麼是她？我說因爲你很美。她說難道你不知道我什麼也給不起你，我說反正別的女人也不要我，閒著也是閒著。她說你會受不了的，我說到時候再說。

未婚夫沒來接她時，她坐我的腳踏車，她不相信我載得動她，我堅持載她回家。我騎上車，快速飆車，她如此輕，闖紅燈、急轉彎，她變得孩子氣，快樂地當街歡呼，說沒人用腳踏車載她騎這麼快。我們要騎上一座大橋，機踏車的通道很陡，周圍機車高速呼嘯而過，唯有這輛腳踏車，我騎得汗流浹背，危險而遲緩，她在後面吶喊加油……

她快樂的能力稀少得可憐，卻顯得快樂。她總是顯得快樂，自然而具感染力的快樂，由於她對人性太聰明，好容易就把自己顯得均衡優雅，像一件名家手裏的樂器。

載著她，她的重量如實加在我身上，彷彿那一刻她是屬於我的。辛苦地騎上大橋，徐徐的涼風從四面八方寬廣地吹過來，橋兩邊是深澈的河床，黃昏的天空散著紅暈，從左手邊又圓又小的夕陽，發出漸層的效應。

我和小凡深呼吸著，全默靜。我放輕腳力，使速度儘量慢，希望永遠不要騎過橋。我背對著她，她靠我那麼近，我可以感覺到她的呼吸很特別，位置非常深沈的呼吸。我想過總有這麼一天，要素面相見的，臨到頭仍然手足無措。她問我是不是離職後就看不到我了，以從容而了然的語氣說。一下之間顯得蒼老而練達，流露出深沈而憂鬱的氣質。

我眞正明瞭了她靈魂所在的深處，對這類人的洞察力幾乎是我的天賦。只要你繼續經營pub，我會去看你，不確定什麼時候會消失，我說。白色的鴿成羣飛過，那一瞬間，有種全然自由，想要徹底去愛的感覺襲擊我，我預感我會把沒人來使用的愛，完全給這個女人……這一小幀灰濛濛的照片，幾乎包括了我和小凡間全部的意象。

她知道我暗戀著她，知道我的魔障，知道我揣摩著她靈魂的脈絡，知道我會懂她，知道她可以在精神上依賴著我，甚至知道我會如何從她眼前消失。從橋上那句話我聽出來。我也聽出來她對我動了感情，她是極不容易讓別人打動的，她把自己藏得太深，她預先在捨不得我消失，她對我的感情是複雜的。

水伶折磨我最烈那段時期，我消失了一個月，沒去值班，也沒跟任何人聯絡，我癱瘓在家。突然接到一通電話，小凡柔美的聲音傳來。你聽好，我也不知道自己有什麼理由打電話給你，更不知道我打電話給你會有什麼意義，但是我只想要確定你還活著（說到這裏我確定她哭了，她噙著淚忍住聲音）……，算是爲了我自己，這樣可以嗎？你一個月不來值班，我知道你出事情了，可是我實在沒有資格管你的生活……你太霸道了，你那麼照顧我，我的什麼事你都要管，可是你自己心裏的事從來不告訴我，出了事就一個人躲在家裏墮落，我呢，我到底能爲你做什麼？還不是在這裏，等著你收拾好自己，再嬉皮笑臉來值班，你讓我覺得好無助（她又露哭泣的鼻音，從頭到尾都努力要理智地說話）……

最狂亂那晚，我終於去pub找她。我已喝醉，她什麼也不問我，只是體貼地陪在我旁邊，平穩地說些我曠職時期發生的趣事，以及她生活的近況，我笑著聽她講，笑得太厲害身體劇烈顫動，一面笑眼淚流個不停，她以一種堅強而瞭解的神情，直直注視著我的眼睛，我也望進她深邃的眸子，她繼續平靜地說著細節，手輕輕拂去我的眼淚，我笑得厲害，想我有多渴望如現在這般地被愛啊……

酒性發作，我在洗手間狼狽地吐了滿地，我叫她別管我，不願讓她看到我這副德行。吐完，我躲在pub的一個隱密角落，失去控制地自己燙傷自己，我以爲沒被她發現，回頭一看，她正站在吧台裏，一邊調著酒，眼睛注視著我，兩行淚默默流。

6

半年後，我搬進小凡住的公寓，她收容如野狗般流浪的我。那幾個月和她同住的時光，是我四年裏幾乎可以稱得上「幸福」的唯一日子。彷彿死前的迴光返照。絕望、痛苦、腐敗、孤寂的陰影纏著我，隨時可能在明日世界把我拖走吞噬掉。我暫時清醒且精神地活著，像在末世紀裏，享有華麗而奔放的生命感。奔湧的熱情完全導向小凡，宛如飛蛾撲火，我放任自己水壩裏的愛欲之潮盡情地狂奔，狠狠地去愛小凡，不顧一切的姿態，到了毫無廉恥的地步。卑賤。

小凡是唯一和我做愛的女人，那是我一生中最美的回憶。所以，讀到這裏，應可以懂得我是如何無能描寫這個女人，寫在這裏的又如何註定若非斷簡殘篇，就是贗品。我咬著牙在寫她，腥紅的灼熱感狠狠地在我體內燒，幾乎要因想起她而抓狂尖叫。而這也是我一生中最恥痛的記憶。因爲我從來都不知我在這個女人心中到底是個什麼樣的東西，一輩子也不會知道。

7

「小凡，怎麼了，到底發生什麼事？」

我在我的房間等她，關著燈躺在床上，聽到鑰匙旋轉門聲，我衝出房門。十二點，她一進門，臉色慘白，走進她的房間換了衣服，毫無表情地走出來，走到廚房煮開水。我著急地跟進跟出，她偶爾朝我做個木然的微笑，坐在餐桌上發呆，形容枯槁。她每晚回到家，都會先敲敲我的房門，跟我說說話的，像今晚彷彿失了魂，照她的行爲軌跡，我預感有什麼嚴重打擊發生，心裏開始覺得痛苦。

「你看什麼？」她坐在餐桌前，又好笑又疲倦地問我一句，彷彿突然發現我在看她。

「我在看你發生什麼事了？」她悶不吭聲，我有點生氣地說。

「不要給你看。」她孩子氣地說。

她站起身，搖搖頭，歎著氣，又孩子氣地瞪我一眼。走進廚房沖牛奶，直接走進房間，用力關上門，我還聽見按鎖的聲音。沒說一句話。

這是她獨特的作風，有個禁區是我永遠無法踏進的。幾個月的居家相處，我們有成百個鐘頭的時間在談話，對她太熟悉，我幾乎熟悉她每個細膩的脈絡，我閉上眼睛就可以想像到她心靈的地圖。她是如此慷慨，任我貪婪地了解她。唯獨一個禁區，她頑強地以孤獨將它填滿。彷彿她永遠配帶一枝槍，陪伴她入眠，無論她旁邊睡的是誰。

我敲門，難耐一分鐘地敲門。這就是我之所以盲目，毫無廉恥的地方。我強行闖入，對她造成嚴重的侵略，每當這種時候，前半段的日子，她勉強容忍我；後半段她只好被迫射傷我的腿。說來可笑，由於不能忍受她獨自受苦，我央求她開門，坐在門口等待……

「可不可以拜託你不要管我？」門被轉開，她坐回床上。在黑暗中垂著頭，一絲頭髮掉在前額，她自暴自棄地說，彷彿在對我發脾氣。

我沈默。寧靜地睜著眼看她。

「你說話啊？」她抬頭看天花板，調整眼眶，努力壓抑著她的脾氣。

「是不是跟他吵架了？」我小心地說出來。

「我不講話，你還滿習慣的，你一沈默，我就非常害怕。」我坐在床尾，她轉過頭來正視我，「這是週期性循環，每隔一陣子人就會停擺，連上發條都沒有用，就這樣，躺在這裏，動彈不得，又睡不著，一睡著就惡夢纏身，根本就沒在睡，睡醒了比沒睡更累。剛剛我躺在這裏，知道你在門口，我腦裏有一個很小的地方，知道要去開門，可是我爬不起來，我的身體被很多過去的記憶霸佔住，它們像幾百個電流，在我腦裏竄動，可是我無法集中起來，我沒辦去想它們是什麼。然後，突然間我想到死，很久沒這樣了，我想就這樣死掉好了。」她輕鬆地笑了笑。

「躺好，沈沈地睡一覺，我坐在你旁邊陪你。」我幫她蓋好棉被。

「剛剛，坐在車上，兩個人都快發瘋，他又要我去嫁給那個大老闆，我聽到，冷冷地就要下車，他粗暴地抓住我的手，不讓我下車，衝動地騎著車去撞牆，頭猛往駕駛台撞，我抓傷他，甩開他的手，下車跑回來……唉，十年了，跟他糾纏十年了，也不知道是什麼冤孽，我都已經跟他這麼久，他還是沒勇氣娶我，而我竟然不知道到底爲什麼，荒謬不荒謬？

「他是我五專高我兩屆的學長，我一踏進學校，我們一共有七個人就在社團裏變成死黨，從那時候，我們就在一起。我們畢業那年，我們決定先訂婚，結果……那一天，他突然消失，連他的寡母和弟弟也不知道他去哪裏，一年內毫無音訊。訂婚那天我不知怎的，肝炎發作，送進醫院住了三個月，那一陣子我掉了十幾公斤，才變成現在這麼瘦。三個月裏我沒跟任何人說一句話，流乾眼淚。

「後來，我去一家公司工作，因爲我媽的關係，就接受我們老闆對我的追求，我媽很喜歡這個老闆。他大我很多，一個非常成熟體貼的男人，又多金，可以幫我養我的家庭，他到我這裏來，還像爸爸一樣下廚煮飯給我吃，對我好到令我內疚，因爲我一點都不愛他。直到現在我訂婚了，他都還在追我。」

小凡歎口氣，抓起我的手掌玩，我一再撥弄她的頭髮，隨著她的記憶，她在我心中推得更深。我更細膩地揣摩著她獨特的情調，因虛無而對一切釋然。

「一年後，他又出現，才知道他跑到東部山裏的一所小學教書。之於逃婚的事，什麼也沒說，每天出現在我旁邊，一邊念研究所，自然而然像什麼事也沒發生，我一點都沒辦法拒絕他……你能了解嗎？肝病那次，他幾乎帶走我的命，我嚇住了，才明白某種東西在我心中的份量，那次之後，雖然他又回來，但我似乎找不到我的心了，像個空心人，我只要工作再工作，趕快賺夠一棟房子安頓我爸媽，可是我無法想像他又離開我……

「有一個晚上，他送我回家，把一枚戒子套在我手上，他說這是補從前的儀式，我們早已訂婚了不是嗎？從那個晚上開始，我就活在一種彷彿興奮的等待狀態中，等待那一刻的來到，多年前那一幕的重演，且懷著信仰般的信任在等。好不好玩？」她突然中斷。問我。

「你累不累？要不要休息？」我情不自禁，親吻她的額頭。

她彷彿沒注意到我，繼續有點興奮地說。在她的敍述裏，散發出一股二十六歲過度成熟女人的魅力，一波又一波侵襲我，吸引我，佔有我。她的美感不是感官的，而是心智上的，或說倫理的。她的語言裏，顯示著強大的宿命，原始而神祕的，這是天性流的絕望的血，她透徹地洞悉命運的本質，由於過早地在那深底浸淫太久，使她足以含蘊世間諸象，彷彿在其中游刃有餘，並且具備能穿進人性奧祕紋理裏的柔軟度，這就是我在與她相處時，驚訝於她竟然能知道怎麼對待我，用一種如同我對待我自己的方式在對待我，全由於她在人性方面的成熟。

「你看我跟他是不是很不合適，我們倆從不跟對方說我們在想什麼，我們約會時除了日常必須外也很少說話，我們都很喜歡朋友跟我們在一起，那樣我們兩個都會很瘋，說很多三八話，其他時候，我甚至懷疑他並沒在想什麼，他不像我們會意識自己。他只去做……有時候，我也莫名其妙怎麼會跟他在一起，難過的時候，我可以跟你說，可是沒辦法跟他說……」

我鑽進被窩，跟她躺在一起。她起身放一捲哀傷的電影配樂。

「我一直都是個失敗者。從我有記憶以來，就在這裏，哪裏也沒去。我非常羨慕你們這種人，你和他都是，你們好像做什麼事都會成功，並且你們也很自信地這麼覺得，你們那麼自由，彷彿你們可以到任何地方去，並且你們也會對自己說我要到什麼地方。你們是那麼『優秀』，從前，我就是覺得跟他在一起，好像我就擁有他的『優秀』，然後我可以很安全地躲在他後面……不知道從什麼時候開始，我就甘於在這裏、蹲在與生俱來的自卑裏，我到什麼地方去，都不是因爲我自己，都是爲了跟上我周圍這些『優秀』的人……我太愛你們的『優秀』了！」最後一句是苦笑著說出的。

她轉過身去擦眼淚，內歛無聲地。她所展現在我面前的悲傷，是我所見過最沈重的，她神情裏的絕望，也是我所僅見最銳利的。她幾乎從不爲自己流淚，外表柔弱，可是性格裏有種堅強，專門對應她的絕望，彷彿可以絕望將她磨成灰也不化的，所以她很少軟弱和自憐。我常覺得她堅強到殘酷，對自己也對別人殘酷，於是，我給她的愛全被摧折，甚至踐踏了。

由於絕望。她不會讓自己眞正臣服於什麼的。

奇妙地，她的悲傷使我進入深刻的痛苦感裏，肉體的痛苦，我的內臟有個地方在痛，全身發熱，心跳急遽，是肉體痛苦也是性興奮，我痛苦地感覺到自己在渴望她赤裸的身體……

我把她的身體扳過來，激情地吻著她的臉部、身後、頸肩，她震驚著，身體緊張，無言地領受……黑暗之中，音樂悠柔流轉，像純白牛乳，窗簾輕輕飄動，夜色若隱若現，間歇車聲閃過，空氣顆粒彷彿觸摸得到……她掙扎著轉過身，難過地說要我別刺激她，說誰也負不起責任，說這樣對我不公平……我從背後抱住她，再將她轉過來，深深地抱住她，泅進更深的愛欲裏……

從此，她身上的香味進入我身體記憶裏，我隨時都可以想起。

「讓我看看你的眼睛……以後你叫我怎麼辦？」她說。柔情似水。

小凡她之所以接受我，是因沒有拒絕。而不是愛。

8

「鱷魚俱樂部」的事件之後。整個社會都因鱷魚爲之瘋狂，俱樂部的人們證實親眼看過鱷魚之後，鱷魚消息從人們純粹臆測的頭腦體操，轉爲嚴肅考據的研究課題，鱷魚新聞也從版面上「黛安娜王妃入主英國皇室」頭條花邊的位置，搬到「本國人民血統是否將遭革命性突變」整版專題的地方。平日每三個人就會有四個方向的社會，團結一致將找出鱷魚當成第一要務；大家很有默契，只在私下交換有關鱷魚的情報，一到公共場所全都噤若寒蟬，唯恐驚嚇到鱷魚，每個人都提高警覺，四處偵察鱷魚的蹤跡。他們相信，這樣鱷魚就會以為人們不再注意鱷魚。

各式各樣的鱷魚專家因應而生。每天都有新的博士在報章上發表鱷魚的研究報告，資深的大學教授則跟電視簽約，主持「鱷魚夜窗」節目。其中，最具權威的是有關遺傳工程，發展心理學的學者，內政部官員和法律學者。遺傳工程學者主張，從他們搜集的鱷魚細胞組織研究看來，鱷魚是與人類不同的生物支所演化而來的一種類人類，有百分之八十的可能性會與人類交配而產生混血的新人類品種。

發展心理學者則主張，鱷魚是由人類突變而成。根據他們所掌握的一批宣稱教養出鱷魚的家庭，調查指出從出生到青春期之間孩子逐漸有異於人類，而長成鱷魚的外形，至於哪裏有異則語焉不詳。大家一致指出，到了十四歲鱷魚會自製「人裝」，逃離家庭。導致鱷魚的原因不明，然而學者呼籲，就社會心理而言，若不設法防杜鱷魚的突變，愈來愈多鱷魚在社會行走，最後會誘發社會全面鱷魚生態的流行與不正常遺傳。

法律學者聲稱，爲保衛本國五千年的文明傳統及鞏固社會制度，應提前修訂工作法、財產法、婚姻法等，限定鱷魚族的職業範圍在特定的觀光與服務業上，扣除較重的賦稅以免坐大鱷魚的社會資源，並明令鱷魚不得與人類且鱷魚不得與鱷魚通婚。內政部官員則趕緊上電視聲明，近來「保鱷組織」日益龐大，天天在台北市遊行，到立法院施加壓力，要求訂定「保護鱷魚法規」，他們認爲應闢出一「鱷魚生態觀光區」，否則鱷魚即將絕種；官員重申，憲法將有條件保障鱷魚的生存權。

喧騰一個月後，衛生署發表祕密研究的成果。據衛生署追蹤十二月二十四日參加「鱷魚俱樂部」的六十名活動者，發現一個月內有百分之五的人皮膚發生變化，部分皮膚呈現紅色，且長出密密麻麻的黑色斑點，在這些人的毛髮之中檢驗出，以高倍顯微鏡才能看出的微細卵狀物。衛生署發言人作出兩點驚人結論：

「那些細卵若非鱷魚所分泌出特殊的致死物；就是鱷魚所產的卵，鱷魚是種卵生動物，而鱷魚的生殖方式，不是藉由實際的性交而產生新個體，卻是藉著排出的卵，進入人類體內，將原本的人類「製造」成新的鱷魚。」

整個社會震驚，譁然。

「保鱷組織」跟「滅鱷行動聯盟」（簡稱「阿保」跟「阿滅」）舉行全國公開大辯論，由三家電視台聯合轉播，在晚上六點的黃金時段播出。

「無論關於鱷魚的研究如何爭論，鱷魚一定不是純正的人類，反正只要跟我們絕大多數，百分之九十九點九的人不一樣，就是不正常的，各位，你們能忍受變態的因子在社會上流傳嗎？你們願意未來我們社會的人們統統變成鱷魚嗎？」阿滅說。

「阿滅，可是你並沒有實際看到一隻鱷魚啊，如何能先談鱷魚對未來社會的影響？」阿保說。

「難道現在鱷魚對社會的影響還不夠大？不是也有人親眼看過鱷魚嗎？鱷魚異於人類的現象一定是事實，否則社會如何會這麼不安？我都可以想像到鱷魚穿著「人裝」的樣子，鱷魚那可怕、長著斑點的紅色皮膚，還有一想到人模人樣的它在產卵的樣子，就噁心地想吐。」阿滅說。

「可是鱷魚也是由人生出來的啊，那不是表示你、我身上，都有這樣的可能性嗎？雖然微乎其微，否則爲什麼你能有那麼眞實的想像？」阿保說。

「鱷魚絕不是人生的。」阿滅說。

「如果照你所主張的，將鱷魚全都關進監獄，那麼萬一，萬一你生了個孩子是鱷魚，或你自己有一天突變爲鱷魚，那你怎麼辦？」阿保說。

「絕不可能。我會把我的孩子或我自己交出來。那你的辦法是什麼？」阿滅說。

「我們的目標其實是一致的。保護現有的鱷魚，讓它們自然生存下去；可是由於鱷魚危害太大，必須對人們有所警惕，所以我們嚴格編列鱷魚名冊，把全部的鱷魚都集中在某一個特定的觀光區裏生活，如此一來，既可監控鱷魚，防止災害擴大，又可做爲活標本，實際遏阻人們走向鱷魚之路。」阿保說。

隔日，衛生署及警政署發表聯合公告——

「從今日起，訂一個月內爲『鱷魚月』，接受全國鱷魚自由投案，凡本月內向衛生署或警政署登記者，將不予以公佈姓名，並給予治療及生活保障，逾期未登記而被發現者則科以刑罰，罰則另議」。

第八手記

1

活在世間對待愛情的態度，與其說是圓成一個理想永恆的愛情想像，毋寧說是去面對一個又一個荒誕殘缺愛情意義的責任。

2

水伶繼續在我心中，像一座水滴的鐘擺，從記憶深谷的跫音，盪到現實雜遝的敲擊聲，再盪進馬耶幻境，萬籟俱寂……

● 一九八九・十二月十六日

水伶，這是抵澎湖的第二天，已錯過天色最美的那段黃昏，等我帶著日記本和一顆清明的心到旅館中庭的陽台，想坐在白色的圓椅上，陪七彩的天色隱入黑暗，在迅速偷顏換色的過程，給你搶寫一段美麗的心情。然而海面只餘一種昏黯的橙，和被黑縮擠的視野，海已近模糊了，我眞不忍，不忍未經美麗就衰老的事物。

我很快就又會習慣黑暗中的海，且隨著夜和海風的旋律興奮起來，不是嗎？昨日乍見黑暗中的海，就是如此。但此刻我只好深情地注視黯橙的海面上幾星綠燈，抱著來時的等待退走，避開霎時全黑後淒涼上襲。

每當跟你說話時，我慌張，那些話一出口如脫繮野馬，我駕馭不住它們在眞實描寫我的跑場內，零碎的我像漂浮海面的碎冰塊，一踩上去就翻落。最後，我甚至連努力想給你寫信都難以完成，躺在床輾轉翻覆，腦裏似有千百個聲音在那裏衝撞，怎麼也無能爬起來收拾房間，無能抓起筆塗抹紙頁。這種情況在兩個月裏斷續存在，我太恐慌了，不敢告訴你。

逃到澎湖。我想我已經被打得潰不成軍了，那種心慌的感覺，像個忠貞的旗手，眼看著士兵們都潰敗殆盡，卻還強撐著，高舉窸窣的旗子，標幟自己還不肯投降。

●一九八九・十二月二十八日

你罰我等，我在等你來告訴我你長長的緘默是在等待什麼？我要等待誠實的穿越，穿越你還有這段愛情對我終極的意義，我要眼睜睜的注視，抽絲剝繭後我們之間究竟該是什麼樣的關連？

愛不在任何結局，能愛而去愛或不能愛而不去愛這種過程，才是終極的意義。當命運塞給我任一顆黑珠子或白珠子時，我怎麼也逃避不了，唯有老老實實一顆一顆地穿越。生命的深度就在穿越的串積之中。

我在等待你是不是我該獻身以待的人。如果我那樣去對待一個不是我該如此對待的人，那我就只是徒然在傷害和糟蹋自己。

●一九九〇・一月三日

捨不得。西藏喇嘛說：「出家不是爲了這個世界，而是接受他們的離去。」永遠都看不到你和我的日記了。

痛苦像一個破了底的口袋，一直漏個不停，我不知道要怎麼樣才能讓它把破洞收縮起來，要怎麼樣才能做到村上春樹所說的：「六年裏我埋葬了三隻貓，燒掉了若干希望，把若干痛苦捲進厚毛衣裏埋進土裏，一切都在這無從掌握的大都市進行。」我沒辦法終止現在的精神狀態，痛苦無限漫延要爆破腦袋……

●一九九〇・四月十九日

水伶，我們是該分開的，四個月以來，我住在一個全新陌生的地方，又想了這麼久。關於愛情，「永恆」和「分離」是我的主題。經常我徹夜痛哭，經常我黯然流淚，花大量時間和精力想失去你這件事，爲了永遠不能再與你生活在一起，爲了你即將消失隱沒入我記憶的黑暗無意識而悲痛。但慢慢地我累積了我心靈悲痛的許多話，反覆在我心裏播放，爲我流血的傷口醫療——分離或許不是最美的卻是最善的。

光靠熱情是不足以去愛的，這是我得到的最大教訓。大一的我，大三的我，以至於現在的我，都不能使你獲得生活的平安，我們的相愛雖美卻對我們的生命有太大的殘害，不是嗎？

在狂愛裏，被激發出一種關於彼此結合的絕美想像，這想像的願望和熱情如此強烈，而現實的曲折與頓挫卻又如此繁複，使人毫無抵抗地變成一個畸形狂裂的完美主義者，對於任何破壞想像的日子或撕開愛情的裂縫，都會被放大到難以忍受的地步，我暗笑自己「除了分離外連一根針都忍受不起。」一度，再一度地，我們總要陷入難以控制的瘋狂之中，彷彿我們被對方所喚起的這份愛本質是魔。

不要再相互靠近，毀滅不會終止的。在你的未來，我想告訴你：打破任何我讓你產生的想像，努力去愛一個人，但不要過份愛一個人，適度地愛，也不能完全不愛，那種愛足夠讓你知道在現實裏怎樣做對他才是好的，那種愛足夠讓你有動力竭盡所能善待對方。即使你因而不愛我了，但沒有關係，我希望你現在和未來活得好，那就是努力去愛別人，雖然我可能無法完全免於悲傷。

我已經下定決心要放棄永恆擁有美的潛在願望了。我去看海，哭著告訴自己：「我不可能永遠擁有一件美的東西，甚至記憶也不能，即使我再愛它。就是因爲美有它的自然生命。如果我想永遠擁有它，就會扼殺了它的美。」我決定將你從我心裏放開，分離的儀式對美是必然的，美不能被永恆保存，只有放棄美轉爲善時，才會流進永恆裏。

愛得愈深，悲憫愈深，知道對方跟你一樣在受苦，畢竟生存裏有絕大部分是醜陋和冷酷的疆域，唯有善能溶化這片疆域。所以人與人之間所存在的永恆因子是一種屬善的基本關係。「我希望你活得好」，這是超乎我們的熱情和審美歷程之上，更基本屬善的對待方式。

● 一九九〇・七月十三日

水伶，今晚我搬進小凡的公寓，展開新生活。關於生活，「現實」是我的主題。如何引領我的感覺走出幻想進入現實，讓我的眞實感緊緊抓住現實這一界域，如何讓我的思想和感情更專注地投入現實的材料。獨自生病這半年期間，是我最接近現實也是最脫離現實的時候，我被狠狠衝擊，「現實」和「精神」激烈交纏，使我深刻地體會到它們各自的屬性和在生命裏所扮演的角色。

我爲自己對現實的渴望，以及過去精神長期所受與現實隔絕的痛苦而痛哭、悔恨、感動和振奮。眞正瀕臨肉體毀滅邊緣，卻反而激發不願結束此生的欲望，體驗到想要回到現實裏再活下去的強大呼喊，身體裏流出「生是一種恩賜」的聲音，洗滌了生這幾年加諸我們折磨的罪惡，也淨化了我與生之間毀滅性的仇恨。你看，我竟然能像憐惜陽光雨露般地憐惜自己微弱的生存，並激發出要「立盡此生」的原始生之欲！

3

經過那危險的一夜，我繼續住在小凡的隔壁房間。她永遠有做不完的工作，每天早晨她拖著疲憊的身體起床，打開我房門的一個小縫偷看我，在那一瞬間我總會即時睜開眼睛叫住她，她進來坐在我床邊，兩個人孩童般地玩鬧著，我放幾首起床歌(如 Don Mclean 的 American Pie 或 Den Forgber 的 The Leader of Band)，我摺被，她泡牛奶順便沖一杯咖啡給我，然後兩個人坐在小餐桌前吃早餐。她看報紙，我就在旁邊打岔，胡亂問她一些問題，由於工作需要，她得利用這時候看幾份報紙，而我常故意說笑話讓她不能看下去。

她大部分時間戴的是隱形眼鏡，感覺上較莊重，距離較遠，唯有早餐這段時間戴著一副厚重的框架眼鏡，鏡片可看到密密的一圈圈，看起來顯得憨厚可愛，我最喜歡在這個時候逗得她哭笑不得，每當可以讓她活在一個單純的片刻，就使我有莫名的幸福感。

然後，她進房穿衣打扮，在打扮這方面她又像個淘氣的大男孩非得作女性化裝飾，雖然能熟練地妝扮出嫵媚的風韻，卻又無所不用其極地調侃自己身上的妝扮。有一次她穿著美麗的長裙在酒會上跟大老闆跳舞時自己踩到裙子，她還一路大笑著回家，得意地告訴我，她的外在習性跟我一樣大而化之，滿不在乎，甚至較我更陽剛味。

這時候，我坐在我房間的地毯上靜靜地抽煙，等她走出房間，變成一個屬於外面世界的女人。那一瞬間我和她之間在現實上的距離，就清楚地跳出來使我傷心。然後她悄悄地走出公寓，用幾乎不敢被我瞧見的姿態，離開這個空間。

我一直用耳朵跟隨她在房子裏的任何動靜，電話鈴響的聲音，她跟未婚夫約定見面的時間，她輕輕走路的腳步聲，小心關上門的聲音……一天又一天，我聽著這關門聲，彷彿每天就要歷經一次與她的分離，她消失在一個與我無關，完全屬於另一個男人的次元。

朦朧中，寢寐之間，鑰匙插進門鎖轉動的聲音，滴進我夢裏喚醒我，我總是準確地知道她回家了。我是個專業的守門員，自她出門後的一整天，我處在昏沉的等待之中，除了少數非上不可的課，非出門不可的狀況，我幾乎大部分的時間都在家，停掉原先多彩多姿的社交活動，終止和幾個男性錯綜曖昧的關係，什麼事也不做，只是昏睡再昏睡，甚至看不進任何書。焦躁和亢奮使我在睡眠飽和的間隔大量書寫日記，無論坐著走著躺著，我腦裏不斷湧現要和小凡說的話語，彷彿我心底分分秒秒在跟小凡說話，那些話量太多了，若不塗到日記上，我會被自己所生出的黏稠分泌物裏住動彈不得。體內製造分泌物的工廠，機器不停地生產產品，絕大部分的貨都滯銷，堆積再堆積進倉庫，倉庫快要爆破了。

長長的昏睡結束，鑰匙聲拯救了我，我挺直地清醒過來。爬到門邊打開房間的門，從一條門縫裏窺視她，很容易就能辨別出她今天的心情好壞，心情壞時她會一進門站在鞋櫃前，朝我做個鬼臉之後微微苦笑，那是她卸下一天衝鋒陷陣，精明能幹的臉後，靈出的最純眞表情，那個表情如同十幾歲的小女孩一樣惹人憐愛。小凡的臉很瘦，瘦到兩頰幾乎凹進去，自當她像小女孩般無辜地笑，她的酒渦就如同菱角般露出，那時她是如此甜，以致於我忘了她是比我大五歲，即將踏入婚姻的女人，衝動地想將她擁入我的懷中。

其他時候，她還來不及換下衣服，就對著門縫裏的我說起話來，她生動且流利地說著許多材料，說她如何對付她那迂腐可笑的上司，說她如何利用辦公室沒人的空檔利用三支電話同時和三個老朋友講長途電話，說她如何快刀斬亂麻地處理那堆如山高的公文，說她中午時間如何無奈地被三姑六婆拖去美容院洗冤枉頭，說她今天在酒吧裏放了什麼特別的音樂，遇見什麼有趣的客人，甚至說那個從前的老闆K如何又在酒吧耗一個晚上纏著她……

她淘淘不絕地說，邊說邊換衣服，準備宵夜、整理房間，我熱心且滿足地聽著，就只是聽，然後也開始我的這一天，吃著她煮的東西，準備洗澡，有時我在浴室洗澡，她竟拿著椅子坐在門口，隔著門板鉅細靡遺地講一部電影的情節給我聽，興奮而忘情，我久一沒反應她就頑皮地威脅著我，說要撬開浴室的門。聽她講電影是所有話題中最大的享受，不僅由於她精湛的口才，更由於當她完全沉醉在她對電影的感情時，是唯一她專心到失去對自己的意識和對外界警覺戒備著的時候，那樣的切面，我可以大膽又放心地觀察她、體會她，將她的光華盡情地收攝進我體內。而她也唯有在這罕有的忘我切面，我感覺她彷彿是不受腦中絕望因子干擾的，於是我心中暫時輕了起來。

睡前的幾個小時，她在房裏平靜地讀著書，我則坐在客廳的桌前陪她讀書，我房裏放著抒情的音樂，偶爾她走出來坐在我旁邊看我，直到她累了，熄掉房裏的燈，上床睡覺，門還開著，正對我讀書的位置，讓我隨時可以進去看她。她不容易入睡，隔許久站在房門口確定她入睡後，我才躡足走進她房內爲她拉好被子，凝視她一會兒，輕輕關上門退出，回自己房間準備入睡，或終夜坐在客廳閱讀，踏實地守著她的睡眠。這樣的夜晚，感覺像是一對最好的知己，或是情人。

然而。然而，我們例行的談話永遠跳過一個她生活中例行的環節，她永遠拒絕主動跟我談到他，彷彿他並不存在她生活裏。她愈來愈刻意把我跟他分開，把她的生活切成隔絕的兩個部分，這是她適應我加入後新混亂的方法。然而，當我在客廳裏守著她入睡同時，可能另一個叫未婚夫的人也正在樓下守候，看著她房間窗口的燈熄滅後，發動摩托車引擎離去。然而，這些我和小凡都知道。

4

自從水伶對我招出NO的手勢後，我已不知道我要的是什麼樣的人間愛，我明白我要不動一個女人的，每次墜入愛情裏的對象都構成不了我該去愛的條件，我總是不該愛他們。這樣的自知，使我一點不敢期待從小凡那裏得到什麼，只想珍惜還能跟她在一起的時候，好好照顧她，我所僅剩最需要的就是能專注地去愛一個我所愛的人，而小凡剛好就在我旁邊，這就是我被允許的唯一權利。像是從小凡身上竊取聽「咔嚓」開鑰匙聲的幸福。

或許，或許她是要愛我的，但她給我的是傲慢的愛。

她正是這樣的人。對於親密關係不再有渴望和想像力，且懷著強大的恐懼，她認爲自己付不起代價且拒絕付這種代價。她全部的能量已用於承擔另一項親密關係的負擔，因此她拒絕再承載同類的愛欲糾纏。她寧可不要這親密關係附加的東西，就是要完全捨棄這些愛欲糾纏。似乎在她的經驗裏，人都會成爲她擺脫不了的負擔，人給她的愛也都成爲無盡折磨的噩夢。所以，恐懼正是她愛欲的核心，她既拒絕別人給予她的愛，且將自己訓練成一個不需要心靈親密的人。

她在來不及防備的狀況下被我侵入，雖然她迷惑混淆，卻還是接受我給她情人的愛，接著她無法消化和安置我，只好採取消極的態度，消極地防備我更深地侵入她。最後逐漸錯亂了，乾脆不管我，隨我如何待她，她只要對我麻木和一味抗拒就好。於是我們同住在一屋簷下，慢慢地發展出惡性循環的關係，即抗拒與抗拒的對壘。

她能允許給予我的全部內容，在控制我於一個理性而節制的軌道上愛她，防止我陷入對於她非理性的熱情。她不要赤裸相擁的心靈親密，她只要遠遠地看著我，並且確信我會一直在她身邊就夠了，她也是這般遠遠地觀察我。因不得不的麻木，她常覺察不到我對她的需要，即使覺察到了，她也不會給予我直接的東西，而是給我旁邊的東西留下一些線索讓找追蹤到她給的東西。更糟的是，有時她乾脆給我相反的東西，於是我愈來愈沒辦法說出我對她的需要。這可說是她選擇的，保護我的態度，像安全瓣般，保護我免於陷入更深受更大的傷害。

所以，明明我是如何渴望甘霖般地渴望被她愛，卻愈來愈乾枯貧瘠，對我而言，無論是她對待自己或愛我的方式，都太傲慢，太嚴格，以致於我要不起。

我無法中止自己繼續給她愛，「不能傷害我內在的她」成為最高指令。必須鎖死我對她的熱情，監控我想親近她的渴望，否則無法再待在她身邊，這些東西再存在我們之間似乎是令彼此尷尬的惡。我只要留下我的耳朵給她就好，這耳朵是要傾聽她流出來的任何語言，以及接收她對我的任何召喚，只要她隨時需要我，我就會立即跑去給予她。

爲了某種無形更高的合作利益：我們都不願失去對方，於是「扭曲」的無形合約被簽下。有一股野蠻的信仰不知何時形成——我不相信她會眞誠地願意愛我，或心中有力量承擔愛我這件事，這使我強烈地抗拒她。每當我軟弱到最需要她，最依賴她時，我愈要逃離她，否則我會被她摧毀。所以，如果有那麼一刻，當我內在出了問題，不再能擔當我原來平衡待她的角色，當我掉入深淵，想任意處置自己時，她會對我完全失去關連，我會完全不要她靠近。這就是扭曲，可怕的不信任。

重大的衝突終於爆發。

「我可不可以進來？」她倚在我房門邊，試探著問。

「進來啊，我的門不是一直都爲你打開嗎？」我躺在床上，平靜地說。

自從昨晚她一回家就鎖在房裏，什麼也沒說，任我如何敲門也沒打開。由於有上一次的經驗，我按捺住自己的焦慮，整夜打開門等著她自動來跟我說點什麼，從她房間的門縫底下塞進一張便條紙：

「小凡。如果你今晚有重大情緒要發作，就發作吧。我只想說，沒關係，一切都沒關係好嗎？這次我不會再因你把自己關起來而難過或挫折了，我明白這種時候你只能一個人處理自己的情緒，你說我一進去情緒就跑了的。雖然我無法給你足夠的安全感，讓你用裸露的心面對我，也許有一天會可以的，也許。我仍然不明白，在這個時候我該眞的擁抱你，還是輕微地冷漠著，讓出一個空間給你？

「先把我的感受先爲你準備在這裏，怕我將要因喉痛而說不出話來。今晚剩下的時間我都在我的房間裏陪著你，安心且溫柔地等你來，我等著對你微笑。」

隔天是週日，早晨八點聽到她打開門的聲音，我等著，她並沒走到我房門口，於是我走出去。她忙著在廚房煎蛋，煮開水，她表情一如往常，彷彿沒發生任何事，只是有一層特別的冷漠在她臉上。我小心問她發生什麼事，她馬上毫不在乎地說沒什麼，跟我無關。又繼續做自己的事。

我沒再問什麼，被巨石般無名的挫折打到，悶悶的後作用。退回自己的房間，開著門睡覺，一睡睡到天昏地暗，不知睡了十幾個小時。

「你怎麼睡這麼久？」她坐在門邊的地上問我。

「不知道，自然而然，大概是需要吧。」

「你知不知道你從來沒在我在的時候，睡這麼久過？每次我在的時候你昏睡，大概都是因爲我。」她略帶難過地說，臉上特別蒼白、乾淨。

「是我自己的問題，你不要多想，在昏睡裏我可以解決自己的問題啊。」

「什麼問題？你是不是又在想要怎麼對待我？」

「不，現在已經不是這個問題了。我根本不用『對待』你，我只要『對待』自己就好了。」

「你是不是又做了什麼新的決定？我就是怕你這樣。」她失望地說。

「我不可能做任何決定，要是我可以就好了。我根本離不開你，我自己也想待在你旁邊照顧你，可是我得先管住自己，否則恐怕只會拖累你。」

「照顧？照顧？你只會想要怎麼照顧我？我不要你當聖人。你總是不說出自己要什麼，等著別人要什麼再配合別人，然後自己乾乾的。我看著你一天比一天乾，就在我面前晃來晃去，我眞不知道該怎麼對待你。」

「很痛苦嗎？不然我不要在你面前晃來晃去好了，你不要再拉鋸了。」

「這就是你的新決定嗎？那我這一陣子是在幹什麼？就陪著你這樣瞎搞？」她臉色大變，變得嚴肅而不可侵犯，掉頭就走，大力關上她的房間。

我怔忡住了，腦袋一片模糊，「我傷害到她了」的意識尖銳地刺著我，隔不久，我就跌跌撞撞到她房門口，失去控制地擂門，哭喊著要她開門。

「小凡，你開門啊。我錯了，我再也不會說這種話，你罵我好了，拜託開門啊！」

轉開門鎖的聲音，我衝進去。小凡失魂落魄地坐在地上，臉上早已被淚水模糊，她彷彿沒看著我，沒聽著我，眼神落在遙遠的地方，眼珠的中央黑如炭，頭髮散亂。

看到她這副模樣把我震撼住了。我散裂的心智馬上集中成強烈的一束意志，我明白這就是老天給我最好的懲罰。她性格裏的堅強，我甚至只能以尊敬來談它，若有那麼一剎那她被打敗了，完全鬆在那裏，無論如何，光是那心疼她的感覺就足以使我粉碎，除非我已瘋成一捆痲了。

「小凡，你聽好，即使要痛苦至死，我也不會鬆開手了，我們要做一輩子的好朋友！」我用最大的力氣抱住她。她稍微回過神來，摸摸我的頭髮。

「你眞傻！我給你的東西都濺出來潑到地上了，我看著覺得浪費。」她有氣無力地說，困難地微笑著。

「我要不起的，你給我的如果不是有毒的，就是我會自動把它打落在地上。如果我又開始有一點想要需要你、依賴你，還沒等到你開口或你來給我什麼，我就會被我內心的軟弱先折磨個半死，然後滿坑滿谷的怨恨，就會排山倒海而來，那就什麼都會沒有了。

「我就是要杜絕自己需要你、依賴你，才能乾乾淨淨地待在你旁邊，用你需要的方式給你什麼東西，可是還是沒有做得很好，偶爾還是會因爲等待你來依賴我時，被你隨使一個自然的冷漠眼神所擊倒，非常微妙的，像在拳擊場上，被一拳擊飛出場外。」

「你要什麼只要自己說就好啦！」她摸摸我的臉，心酸地說。

「我到現在才眞正明白你從前所說『我要的你給不起』這句話的意思，不是你不肯給我，從前我說『只要讓我照顧你就是最好報答我的方法，』我發現是你沒辦法給任何人，連這個最基本的都沒辦法，我要的根本是空的。」我銳利地看她一眼。

「我太明白，打死你都不會承我是你的情人，你對世界的要求太高，你對愛情和情人的想像根本不是我能企及的東西。你是如此驕傲，雖然你感覺不到，你只能愛比你更驕傲而能挫折你的人，但我剛好是相反的人，我只能用無限溫柔，無限卑微的方式愛你，這絕非你所要的。我們給對方的東西就要這樣永遠錯開。眼前，你或許需要我，卻不可能明白我對你的意義。或許在遙遠的某一天，你會突然全懂！」我一口氣說完，無奈的表情閃過她臉龐。

「我也不知道怎麼會這樣，我本來可以不用這樣對待你的！跟你住在一起，我全部的努力就在當『石壁』。我要逼著我自己痲木，逼著我自己拒絕你，否則你就會一直丟一直丟，我只要撿一些，你就會丟更多，我根本就還不起。

「我給你很多機會，這是我盡最大努力的一次，剛剛我多想現在就走，永遠都不要再看到你，那是一種身體的反應，若是如此，我也會一併否定我從你這邊得到的東西，一念之間，我想我不走了，再試看看能不能留住你這個人。」她歎口氣說。

「謝謝，謝謝你！以後你就把我當作是大廈管理員好了。」我說。

「不，我不要你當大廈管理員！」她搖搖頭。眼裏含著柔情。

5

在這樁潛伏著悲慘的關係裏。我和小凡憑著深徹的相知，彼此相濡以沫，勉強又撐了過來。然而逐漸惡化，情勢急轉直下。

一連一個禮拜，小凡的未婚夫研究所畢業，即將入伍服役，因兵役的事南下。這一個禮拜，小凡的心情明顯地焦躁，唯恐以未婚夫怪誕悲觀的性格，入伍後會發生意外。這個禮拜，她陷入一團特殊氣流的情緒裏。我明白因未婚夫入伍的事，她敏感的纖維又開始活躍起來，帶動她朝向那個她早已掘好情緒的墓園、每天每天我觀察著她，兩個人彷彿隔著大地塹，她住在一個只有他的古堡裏，不再把頭伸出來看我，她也沒有覺察到她呼吸著唯有他的氣泡。我傷心且抑止傷心地躲開，只是盯住她。她也沒覺察我的存在。

一個晚上，我等門等到半夜三點，她還沒回來，這是絕無僅有的一次。我進入她的房間，打開臨著馬路的所有窗戶，冷風颼颼，枯站幾個小時，數著每一輛車的經過，間或四處打電話問她的朋友。忽然一輛四輪車停在窗戶的正下方，我想她回來就好，在準備關上窗回房去，不小心再探頭一看，車內隱隱約約兩個人抱在一起，我看出是未婚夫回來了，可以感覺出兩個人影長長相擁的激切和深情，我逼著自己一直看一直看……然後某種東西被剪斷，血腥的一塊掉落在地，我知道自己已經綳斷了。我帶著被鉛塊壓住的心，平靜地回房坐在書桌前，小凡上樓來，見我沒動靜，跑到我面前，略帶歉疚地注視我，我努力維持平常的樣子，她完全不知道我內心發生什麼事。

在注視他們的那一刹那我很難讓人明白發生什麼殘忍的事。那個男人雖是早已存在我的環境我的心裏，他就是早已以那樣的姿態與我和小凡的關係鍵結著，我也早已接受他在那個位置，我一點都沒有要佔有小凡。然而，當這個我所接受的事實，從擺在手邊的狀態，轉而在此時此地「臨幸」地擊中我時，我的額頭竟被劈中而裂開。從那刹那之後，我和小凡相關的這個世界，有別於前一刻世界的品質。每個此時此地，額頭流出的膿是——我是白白地在犧牲，我在糟蹋自己成爲一個奴隸。

我完全閉嘴，不再說什麼爭辯什麼，只因那是僅屬於我自己的膿，我知道。我繼續住在小凡隔壁，每天看到她時努力對她微笑。那種感覺，像是每天都在海底走路，無聲無息地吐著泡泡。只是數著敗壞的日子，靜靜等待身體爛透那天的來臨。

分分秒秒哭泣，在走路時，公車上，跟別人講話時，上課時，考試時，在房間裏時，睡覺時，做夢時，在心底分分秒秒哭泣，沒有任何人知道。胸腔隨時都鳴著我特殊的哭泣聲，只有我聽得到。這樣整整哭了兩個禮拜後，我不再哭了。照樣正常生活，但已很少待在家，或待在家裏碰到小凡了。

隔兩個月，瘋成痲亂的時刻來到。那正是我畢業典禮的前一天。

晚上我難得提早回到公寓，突然接到不知道什麼人的電話，叫我快點到某家醫院看小凡，說她急性肝炎發作，被同事送醫急診，說她一直念著要見我。

坐在計程車裏，我既慌亂又有某種冷酷的鎮靜，像一把利劍藏在我的咽喉裏，我想是與我殘忍的命運對決的時候了，我下了個毒誓，如果這次我還是眷戀著她，那無論如何屈辱，我都要跟著她，直到死在她面前。

走進葯味沈重、青色森冷的急診部，我一眼就看到小凡，她躺在內科外邊走道旁的臨時病床上。看到我，她浮腫紫黑的眼眶立刻就爆出毫無顧忌的眼淚，她就在我眼前軟成一灘泥，她哭泣就只是哭泣，無盡的眼淚從她體內的強勁幫浦推湧出來，她完全放開自己哭的樣子，我當場告訴自己我要一輩子記住這個畫面。

就是這個畫面。它把我的生命推到有史以來最深的位置，天啊，我能怎麼表達它？馬塞爾說：「瞬間的默觀可以寫成一本書」，它就是這樣默觀。在我注視著這個女人崩潰那一瞬間，我完全被拖進她的生命裏，我被迫跟她的命運糾合在一起，我崩潰在她的崩潰點裏，我完全消失，可是有另一個東西在知道我跟她之間的這個融合，而不是我在知道。

隨著崩潰來的是壓垮，由於貼合到她悲傷的鉅大，被她的悲傷壓垮，由於渴望承擔起她，與她一起，進入她那最深最深的，被我的渴望壓垮。只有一個不止的震動在體內，愛在震動，渴望在震動，恨在震動，痛苦在震動，全部都旋在一起，鑽到一個頂尖……我完全明白眞正的小凡在我心裏原本就是這個畫面，如今，終於實現出來了。

我在這裏，我被世界徹徹底底推出來，我撞到「殘忍」的實體，我恍然明白，無論我心裏是怎麼樣的人，無論我此刻如何呼喊著要和小凡融在一起，無論我正如何因渴望著愛她而被壓垮，世界根本就不管我，不是由於現實條件或人與人無可奈何的對待。即使眼前這個女人親口告訴我也沒用。甚至沒有「不公平」或「道德」的問題，因爲世界根本就沒有看到我。沒有辦法，在這個切點，世界就是露出這樣的面貌來與我認識。對世界的恨到達最高潮，漠然的無關性生出，「殘忍」是無關乎悲傷或哀愁的。全然解脫，只是更殘忍就好。

「今天，我收到一封他的來信……我等待四年的事終於等到了……他從軍隊裏寄來，說決定不娶我了……他已經讓另一個女人懷孕五個月，也是我們的學妹……說他始終太窮又始終配不上我。」小凡緊緊抓住我的手，髮鬢被淚濡濕，兩頰凹陷進去，快速萎瘦不成人樣，說到這裏，她別過頭去，「他是故意的，故意讓別的女人懷孕……剛剛他媽來看我，說幾個小時前他被送去軍醫院……槍枝走火……一切都是故意的……」她又轉過頭來，把臉埋在我手裏，「他還活著，你幫我去看看他好嗎？」她抬起臉來，百分之百信任的眼神刺入我。

「我會去看他！只是，我等一下有事，可能要先走。」我別過臉說。

「你…不留下來嗎？難道現在我所需要於你的……不正是你一直最希望我做到的嗎？」她無辜虛弱地問我。擦乾眼淚。

「小凡，你聽我說。這件事很久了，我一直不敢告訴你。我不行了，有兩個月了，我一直都在硬撐著。我能量耗光了，完全沒辦法再對你扮演以前的角色。愈來愈嚴重，我沒辦法開口跟你說我在想什麼，我甚至沒辦法跟你待在同一個空間裏，一開口我就想要對你大吼大叫，跟你在一起排山倒海對你的怨恨就衝出來。

「我不是這樣的人，我不要這些惡的東西。愛應該是善的美好的，我沒有辦法挽救它，只有不愛了。我當機了斷，這是我自己的問題，不是任何人的錯。我要逃離你和你的悲劇，我爛壞了，你聽到沒有。就只是休息一陣子！」我平靜地說出來，彷彿說的人不是我。

「我知道了。」她只說了這麼一句話。整個身體背過去。就永遠背過去了。

6

深夜十一點，楚狂來住處看我。他牽著腳踏車，我陪他在羅斯福路散步。

六月的台北市。午夜的大街，華麗殘退，風韻猶存。幾株木棉樹，火紅的樹花又較昨日多開了幾朵。水銀燈下，木棉被照耀得璀璨，而似乎笑開了。這幾株散在羅斯福路上的木棉兒，是我多麼熟悉的，每年等著綻放第一朵橘紅的木棉花，數著最後一叢樹海又削枯成黑瘦的軀幹。木棉樹是我進大學的第一件信物，「木棉道」是我的學長姐們在迎接我們這批新生時，所唱的第一支動人的歌，在黑暗的教室燭光中，我如今仍然可以看到許多懷念的面孔……

「你在看木棉樹嗎？」楚狂意味深長地問我。楚狂穿著白色寬統牛仔褲，上面一件水藍色短袖的襯衫，總是殘留在他嘴邊的鬍渣也刮得異常乾淨。今晚他給我煥然一新的感覺，像是用漂白水漂過一般。楚狂的生活一直跌岩著戲劇性，他每次出現在我面前，總是給我他又到鬼門關前過了一關的感覺，每次都更換一種新表情新面貌，隨著他所宣稱的，其實我並不眞正知道他過得好不好。

「楚狂，每次我搭公車，在學校下車，看到第一棵木棉樹開了，我就會很興奮地在我心裏跟我老情人說，你看！木棉花又開了！四年。」

「那我怎麼辦，從前有一天晚上，夢生就在學校門口那棵木棉樹下大便，那五年來，我不是每次看到那棵木棉樹，都要說，夢生，你看，那是你的大便！」

「楚狂，現在夢生呢？」我問他。我們坐在校門口。

「小妹，我就是特別來告訴你這件事的——夢生在我的世界裏蒸發了。」他興奮著說，臉上有紅暈，「七年，就那麼一瞬間，像開悟般，他就像衣服上的色漬，洗完之後完全蒸發了，乾乾淨淨。不知爲什麼，我就是覺得應該來告訴你一聲，這件事才好像完滿落幕。」他的語氣由老成一下退回童眞。

「我又不是見證人，但是楚狂，我眞替你高興。」我忍不住握一下他的手，「事情怎麼發生的？」

「上個月，我騎腳踏車被一輛計程車撞到，腿的一個地方骨折，在醫院打石膏，躺了一個禮拜，被撞到的那一個瞬間，我可以確定我是靈魂出竅，我在我的身體正上方看著我的身體，就在一分鐘內，我這幾年的人生，就放電影一樣全部放一遍給我看，淸淸楚楚的……然後我再回到我的身體裏，開始覺得痛那一剎那，我知道夢生已從我體內消失了。

「我打著石膏在醫院，不能動地躺一個禮拜，把所有過去的事全拿出來檢討，得到一個結論——就是去愛。從來我總是愛一個懷疑一個，現在我有信心可以愛任何人。我發現『愛』就是我一直在尋找最基礎的東西。」

「楚狂，那你相信『愛就是對那個人說你永遠不死』這句話嗎？」

「小妹，我感覺到你跟我一樣受很多苦，」他把手放在我的頭上，暖流流過，「我眞希望我夠大，可以給你一些啓示。」他默想了一下，「我肯定現在的你不能說這句話。過去的我也不能，可是我相信現在的我能說這句話。」

「可是每當你選擇去愛一個人之後，如何承諾能持續在這種選擇狀態內，並且拒絕其他更能滿足的可能性？又當自己某階段的內在結構要爆破時，如何讓自己保有力量仍去維持那種關係的正常運作？」

「我現在腦裏有一個圖案，我可以用畫的，但是我說不出來。」他急切地在地上畫一個奇怪的圖案，「要有眞愛的能力才可以。」他自言自語說著。

「你覺得你眞正愛過嗎？」我嚴肅地問。

「小妹，我現在正在眞正地愛！」他眼睛晶亮起來，「這兩年來，一直有一個十八歲的水手在追我，他還在讀海洋學院，常常要出海跑船，我們斷斷續續地在一起，我一直沒有眞正看到他，因爲夢生使我完全沒辦法愛。

「過去，我把這個小水手當成遊戲，他陷得較深，常常因爲嫉妒而跟我打架，我不甩他，他就去拈花惹草來氣我。車禍後，我看到他了，在他那虛張聲勢的外表底下閃著眞愛的光芒，原來是我使他的眞誠蒙蔽的。

「現在我們一起住在淡水的一個木屋子裏，一切分工合作。我跟他說從此以後玩眞的啦，他若不要長大我馬上掉頭就走。我說只有兩件事：平等和誠實，我了解你，你也要努力了解我，我也需要別人照顧；所有的事全部開誠佈公，變心就變心，寧可打個半死，也不要隱瞞。就是這樣，現在我覺得可以跟他生活很久很久。」我們又沿著新生南路走，他邊走邊說，黃色的水銀燈使他的臉極柔和。

「楚狂，你們兩個陽性的我不會衝突很大嗎？」

「換另外一個，確實很難生活在一起。但是跟他在一起，我們同時是對方的男人跟女人啊！」他得意地說，很快地變換神色。「小妹，我這趟特地跑來，就是要告訴你一件事——我對你有很深的感覺：你不誠實。如果你不誠實面對自己的感覺，自己所需要的，那麼你永遠無法誠實地愛別人。」

「楚狂，你看交岔路上那棟大廈，現在所有的窗戶都亮著，大一的時候，才只搬過來五戶哩！」我轉過身，朝向楚鞠一個九十度的彎腰禮，「楚狂，你的話我會記得，謝謝你這些日子以來對我的照顧，畢業後一切請多多保重。」楚狂騎上腳踏車，我目送他離去。

7

●死亡經驗1

「從某一方面來說，我已經死了。從少年時代留下來的那些氣質，過份緊張，過份敏感，過份自我意識，以及高傲和理想，這一切都隨著那次事件而消失了。好像我最後終於失去我的天眞，雖然比一般人遲些。像每個年輕人一樣，我也曾經目光擺得很高，充滿我自己所不甚了解的熱情和罪惡。」

～摘自「自殺研究」

●死亡經驗2

「我不再認爲我是不快樂的人了，相反地，我知道我有「困難的問題」，這就是一種樂觀的方式了，因爲問題總是有解答的，而不快樂，就像是壞天氣那樣，你是無能爲力的。一旦我認爲，這一切將得不到答案，甚至在死亡中也得不到，那麼我就不太管我快不快樂了，『問題』以及『問題的問題』就不存在了。這也就是快樂的開始。」

8

畢業典禮。沒有一個人來參加我的畢業典禮。我在黑色禮服的人羣間盲目穿梭，偌大的校園沒有一個我想看見的人出現。我只是走著走著。並不知道自己要走去哪裏，下午突然下起滂沱大雨，所有人都驚慌地散開，或是回家，或是躲進兩旁建築物底下。下一會兒雨，整條椰林大道都空下來，路面光滑美麗，沒有人踏在天空下，清新的花草樹木成爲慶典的主角，我獨自披著學士服走在椰林大道上，敞開胸懷任雨狂打在身上，幾百隻眼睛在建築物裏夾道注視我。直到天黑，我維持不動的姿勢坐在校門口廣場，一棵大王椰子樹下淋雨，眼眶被雨沖得腫脹。

回到家，接到水伶一通特別的電話，她畢業離開學校整整一年。

「是我啦！」她的聲音細小，微微顫抖。

「嗯！」我回答。

「我可不可以跟你說三分鐘的話？」她膽小地問我。

「嗯！」

「我告訴你一個祕密哦……今天早上我發瘋囉……早上爸爸媽媽還有奶奶他們都來叫我起床，可是我故意躺在床上不理他們，我才不要起床，我今天不上班……不要跟任何人說哦，我今天要去參加你的畢業典禮。嘻嘻，最後他們倆很生氣，不管我就出門去了，只剩奶奶在家裏……我偷偷爬起來換衣服，一直換一直換，可是我找不到一件最漂亮的衣服，我想要給你看我最漂亮的樣子……突然電話聲響了，『她』啊，打電話來，說我怎麼還沒去上班……我腦裏轉著要說我要來看你，可是不管我怎麼用力，就是說不出來，我就突然失去控制，大叫『啊』……我把電話丟掉，又哭又叫，一直『啊……』很用力很用力，我不知道自己在幹什麼……後來奶奶跑進我的房間，抓住我，我還是一直叫，奶奶心臟病突然發作，就倒在地上，她說她要死了……

「我很害怕很害怕，拿葯給她吃……然後一個警員來按鈴，說鄰居報案，我還裝出很鎮定的樣子，把他送走……奶奶躺在地上，叫我快去看醫生，我說我要等你來帶我去醫院……然後我就坐在電話機旁邊，手一直不停撥你新的電話號碼，撥了半個鐘頭都還是嘟嘟嘟的聲音……你騙我，你說我要發瘋前要打電話給你，你說你會在的……」

我把電話切掉。閉上眼睛。心裏只有一個願望——趕快找到夢生。

夢生。有人跟我說最近常常看到他晚上睡在學校後門的一個廢棄的警衛室裏。整個晚上，我騎著腳踏車在校園裏搜索他的蹤影。當我找到他時，他在後門附近一座褚紅色大樓門口，縮在一個公共電話的角落，正在注射毒品。

他變成我在醫院所看到的，一個標準的吸毒鬼的樣子，兩眼凹黑，眼神混濁，彷彿沒有焦距，還有一些細微的血絲佈滿眼眶，臉上的肉似乎都被啃掉。穿著一件綯巴巴的短褲，腳上趿一雙沾著泥土、踩成拖鞋的破布鞋，一件灰色外套包住他的身體，拉鍊沒拉，裏面裸露著，胸前包紮著厚厚的幾圈繃帶。

我抓過他的左手來看，沿著他的幾條血管，有密密痲痲注射針孔的細洞，像刺青。我退了幾步，蹲在地上，點起一根煙，享受地吸著，很寧靜。

「恭喜啦，畢業證書騙到手啦！我嘛，早就被退學了。」他咯咯地笑了起來，非常誇張，「怎麼？現在看到我這副孬種的樣子，有何感想？是不是在說，眞是個懦弱的男人，用這種三歲小孩才玩的低級方法！」他更厲害地笑。身體承受不住地咳嗽。

「你閉嘴啦！」我用嚴厲的目光掃射他，他悻悻然伸過手來摸煙，「你胸口的傷怎麼回事？你老實說哦，我可不是來跟你鬼扯蛋的。」

「那你來幹什麼的？」他嘲諷地說，「這個啊，就上個禮拜被楚狂從正面捅了一刀，他媽的，那把美麗的匕首還是我送給他的……捅也不捅準點，要幹醫生的人技術那麼差，順便送我上西天，省得大家麻煩……被送進醫院，操的，又把我救回來，你看吧，禍害遺千年嘛！」他的笑聲震動整個建築物，「要我死，可以；要叫大爺我乖乖地在死人窩裏躺個幾天可沒那麼容易，於是，聰明的我就逃出來啦……然後，我惡魔的新娘，就收到電報，來這裏幫我收屍了。」

「你胡說，昨晚楚狂還來找我，說他最近發生車禍，你已經在他心裏蒸發掉了，他現在過著幸福的新生活。我親眼看見的，他現在已經完全變了一個人。」我憤怒地說。

夢生曖昧地笑著，久久沒回答。「他根本不用變，他體內本來就有很多個楚狂，過去你之所以能跟一個大致穩固的楚狂交往，那是因爲那時候還有一個最大的楚狂，可以在需要的時候，集中起來跟人正常交往。最近一年，他已經停止去看他的精神醫師，慢慢地，七拉八扯，各個楚狂間重新劃分勢力範圍，現在已經沒有哪一個是比較大的，他隨時都可能換一個頻道講話……」

他像在講個趣聞般的，「我一直都熟悉他的演化，覺得他最近這樣也沒什麼不好，這樣他就不用辛辛苦苦用一支主力部隊南征北討的，反正每一部分的他都可以出來透透氣，大家輪流當王嚒……他走向這種模式，反而可以活得比我們久……倒是只有我可以跟各個他相處，我還覺得滿有趣的。」我啞然。

「夢生，你現在還願意像四年前邀請我一樣，跟我一起去死嗎？」

「我的新娘啊，我現在不要了。我也很想，可是我沒辦法。四年前，我完全不愛你，四年後，有一半陽靈的我會愛你，一半陰靈的我會愛楚狂，哈哈，可是我什麼人也愛不成，因爲在腦子裏一個不同的部位，很後面的地方，我又把自己統整起來賣給『女神』的幽靈，好玩吧！像不像電腦程式？」他閉上眼睛，像在想像他腦子的地圖，「再說，現在死亡對我不一樣了，我功力較從前又更高，眞正的死亡是在生跟死都一樣的，我不需要去尋求它，那整座山會自己壓到我背上，我靜靜等待，不需特別做什麼，只要讓它去就好了。」

「夢生，可是像這樣世界分分秒秒在破碎，愛在破碎，希望在破碎，信念在破碎，像站在一個火山口，我所愛的人一個個掉進火山裏，身上每個細胞彷彿都在起火燃燒，痛苦的意識把一秒鐘延長成無限，『毀滅的時刻到了』的聲音在踢打著我的腦袋，難道你不也是這樣嗎？現在我腦裏全部的想法都是把我帶到毀滅上去的，沒有說『停』或『向後轉』的間隙了，我完全沒辦法把自己帶回來。可是你說，不需要去尋求死亡，那要如何忍受這一秒鐘呢？」

「你只需把『我』吐出來！」他站起來，倚在牆邊劇烈地嘔吐。

我跑開，跳下台階，站在廣場上，仰天大叫「啊」——直到嗓子沙啞。

「夢生，你眞的要死掉了！」隔著十公尺，我對他嚷吼，喉嚨裏自動發出哀哀的聲音，可是沒有淚水，「你比我還可憐，爲什麼你不讓自己去愛點什麼呢？你爲什麼從來不要把自己完全丟出去，去跟一個什麼東西眞正發生關連呢？

「你只會站在遠處看者自己搞出來的笑話。你有沒有想過，或許『女神』也在她心裏愛著你，或許她不來愛你正是一種愛你的方式？」我嘶啞著喊叫，喉嚨裏發出咕嚕的怪聲。

「你住嘴啊……不要再說了……一切都沒有用……」他雙手抱住頭，激烈地搖晃。

「你並不懦弱，你有一百個地方勇敢，只有一個地方懦弱，就是愛。在我們的痛苦都還沒有到一個徹底的點之前，或許這個世界是全然虛無的，但有一些微不足道的東西就在我們眼前，就一直在那裏，而你就是不肯承認。

「你有沒有想過，楚狂是多麼需要你的愛，無論你給他的是哪一種愛，即使你隨便動動你的一根手指頭，對他都是很有價值的。這一切的逃避與否定，如果我猜得沒錯，你其實是怕眞正被愛……」夢生尖聲喊叫，嘴裏惡毒地詛咒我，頭難以停止地撞著藍色電話。

我從夢生的口袋裏掏出一百塊，跑向後門。後門鎖著，我天旋地轉地攀上磚牆，在跨過嵌著破玻璃的牆頂時，割破手掌。我騎在圍牆上，剛好是滿月時分。這時我想起楚浮「四百畫」裏，小男孩從監獄逃向大海時，那最後一幕臉部特寫的表情定格。

9

「鱷魚月」的最後一天。從中午開始，台視的電視畫面，就連續地在邊緣打出一行特訊的字：「本台獨家收到第一名鱷魚寄來的寫眞錄影帶，特於晚間七點的台視新聞播放，敬請密切注意。」

七點一到，家家戶戶都守在電視機前面，「中視」跟「華視」乾脆播放卡通影片。播報員宣布開始播放錄影帶後，影片打出片名「鱷魚的遺言」。接著一個戴色白色紙套的頭，震動著閃進畫面，叫鱷魚快點準備好（旁白：這是導演，他的名字叫賈曼），白色紙套閃出畫面，戴著白色手套的一隻小指頭仍然擋住畫面的一小角（旁白：按攝影機時沒按好）。一個人端著尿桶爬上樓梯的背影，門關上。

畫面跳到海邊，一個很大的木澡盆漂在沙灘邊的淺海處，一個人屈著身體躺在澡盆裏，戴白色頭套，身體密密包著白色罩袍，澡盆的邊緣有些圓孔，插著一圈花。（旁白：本片部分抄襲自電影「花園」）接著一個人坐在馬桶上出現，站起來脫掉一層緊身衣，開始說話，鏡頭在堆滿貨物的地下室巡梭。

「嗨！你們好嗎？我就是鱷魚，我大概是唯一一隻眞正的鱷魚吧。我等這一天等得好辛苦哦！你們爲了找我，那麼熱心，眞不好意思，我好……好喜歡你們。

「剛開始時我就是爲了想在這裏跟大家說話，有一個綜藝節目出了一個謎題要摸獎，問『友情』是什麼，結果我寫了一百個『友情』的明信片去，他們還是沒有抽中我。後來，我就打電話去《中國時報》密報，說發現『鱷魚』。大家怎麼就這麼熱情，我只好一直忍耐，到處躲起來，怕掃大家的興，可是我好幸福喲！

「這就是我自己縫的緊身衣，因爲我的皮膚從小就綠綠的，媽媽說會嚇到小孩，可是也不是紅色的啊。還有我的牙齒受過傷，變成尖尖的，所以戴牙套。就沒有別了啦。媽呀！我可不是卵生的，不然我表演給你們看……（畫面突然被切掉）：是不是我消失了，大家就會繼續喜歡我。媽呀！已經不能吃泡芙了，還要像『惹內』

一樣住在監獄裏……對了，我想點播『鱷魚之歌』，可以嗎？」

畫面再跳到海邊。鱷魚坐在木盆裏，澡盆邊緣插著火炬，一直都停在畫面的小指頭突然推向澡盆，澡盆緩緩漂向深海，突然整個盆都起火，鏡頭逐漸向前移近，螢幕上一片火海……

旁白：「賈曼說『我無話可說……祝你們幸福快樂！』」

〜全文完〜

紅小說㉘

鱷魚手記

著　者——邱妙津
發行人——孫思照
出版者——時報文化出版企業有限公司
台北市108和平西路三段二四〇號四F
發行專線—(〇二)三〇六六八四二一
讀者免費服務專線—〇八〇—二三一—七〇五
(如果您對本書品質與服務有任何不滿意的地方，請打這支電話。)
郵撥—〇一〇三八五四～〇時報出版公司
信箱—台北郵政七九～九九信箱
主編—鄭麗娥
編輯—高桂萍
校對—劉淑君・禹曲辰
排版—正豐電腦排版有限公司
製版—源耕製版有限公司
印刷—華展印刷有限公司
初版一刷—一九九四年五月十一日
初版六刷—一九九五年十二月二十日
定價—新台幣一五〇元
◎行政院新聞局局版台業字第〇二一一四號

ISBN 957-13-1121-9

Printed in Taiwan

國立中央圖書館出版品預行編目資料

鱷魚手記／邱妙津著．——初版．——臺北市：
時報文化，1994［民83］
面；　公分．——（紅小說：28）
ISBN 957-13-1121-9（平裝）

857.7　　　　　　　　83003331

請沿虛線摺下裝訂，謝謝！

輕快、自由、奔放的想像，都會男女的優雅即興曲。

紅小說

最能掌握時代特質
與節奏感的系列

寄回本卡，掌握紅小說的最新出版訊息

（下列資料請以數字填在每題前之空格處）

______**您從哪裏得知本書／**

1書店 2報紙廣告 3報紙專欄 4雜誌廣告
5親友介紹 6DM廣告傳單 7其它／______

______**您希望我們爲您出版哪一類的文學作品／**

1散文 2小說 3新詩 4雜文 5小品 6評論
7報導 8其它／______

您對本書的意見／

______內容／1滿意 2尚可 3應改進
______編輯／1滿意 2尚可 3應改進
______封面設計／1滿意 2尚可 3應改進
______校對／1滿意 2尚可 3應改進
______定價／1偏低 2適中 3偏高

您希望我們爲您出版哪一位作者的作品／

1______ 2______ 3______

您的建議／

請沿虛線撕下後對折裝訂寄回，謝謝！

廣 告 回 郵
北區郵政管理局登
記證北台字1500號
免 貼 郵 票

時報出版
CHINA TIMES PUBLISHING COMPANY
尊重智慧與創意的文化事業

地址：台北市108和平西路三段240號 4 F
電話：(080)231705(讀者免費服務專線)
(02)3066842・(02)3024075(讀者服務中心)
郵撥：0103854-0時報出版公司

請寄回這張服務卡(免貼郵票)，您可以——
- 隨時收到最新的出版訊息。
- 參加專為您設計的各項回饋優惠活動。

編號：AH28	書名：鱷魚手記
姓名：	性別：①男 ②女
出生日期： 年 月 日	身分證字號：

學歷：①小學 ②國中 ③高中 ④大專 ⑤研究所(含以上)

職業：①學生 ②公務(含軍警) ③家管 ④服務 ⑤金融 ⑥製造 ⑦資訊 ⑧大眾傳播 ⑨自由業 ⑩農漁牧 ⑪退休

地址： 縣/市 鄉鎮/區 村 里 鄰 路(街) 段 巷 弄 號 樓

郵遞區號：

紅小說

一

紅小說

紅小說

紅小說